Mut ist gefragt, ehe Wut
erstarkt.

 tredition

Georg Bock

Garten der Kinder

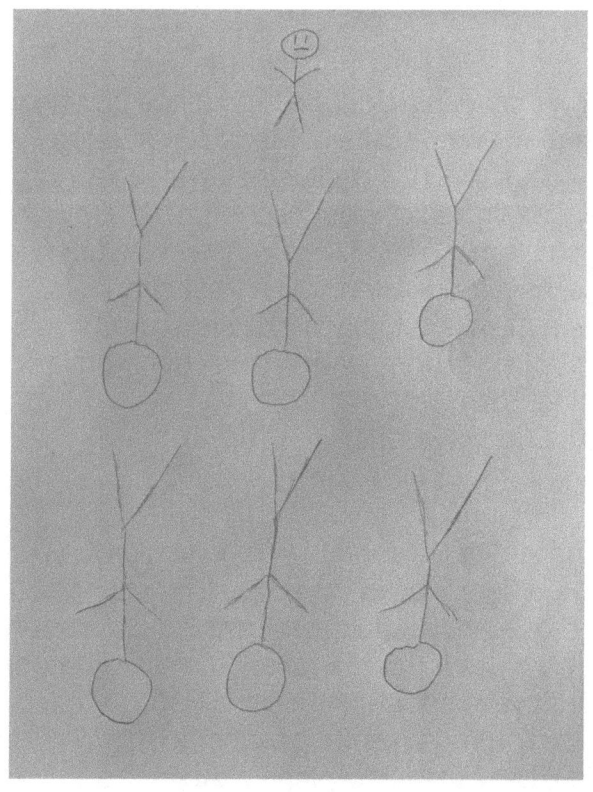

Vorwort

Alles Leben beginnt dort, wo es letztendlich auch beginnen muss. In den Händen eines anderen. Wir werden geboren, erblicken das ungenierte Licht der Welt aus einer wohlbehüteten Perspektive. Doch sind es wirklich die umschließenden Arme der liebenden Mutter oder doch die fremden Finger der geschulten Hebamme, welche als erste auf unseren unbefleckten Körpern Platz nehmen? Ein unwiderrufliches Faktum in einer Hyperbel des Ausmaßes.

So gehen wir daher, im Schoße der Familie und beginnen zu wachsen, wo wir gedeihen. Monate, gar Jahre streichen ins Land. Entwickelt zum Menschen, zum vollständigen Mitglied des abgeschotteten Kernkreises im wohligen Heim. Was blickt dort dann weit über der Grasnarbe, an fernen Türen? Was lässt dem beschützten Kleinkind tatsächlich kaum eine Möglichkeit? Im Füllhorn jener entrissenen Komfortzonen liegt nur eine Sparte an
Menschen. Die der Erzieher.

Kleine unbekannte Personen, werden von großen unbekannten Personen in eine neue Umgebung verfasst. Der erste messbare Kontakt zur Sozialisation entspringt in den Quellen des Kindergartens. Zu diesem Zeitpunkt wird die Tragweite der Aufgabe eines Pädagogen, ausschließlich von dem entgegengebrachten Vertrauen überworfen. Der kostbarste Schatz. Abermals in

Ganz bewusst oder auch gerade in Anbetracht dieser Tatsache entschied ich mich gegen ein Lektorat von externer Seite.

Selbst in jener niedergeschriebenen Fiktion belangt nicht das Wie, sondern das Was mein tiefstes Innerstes. Dieses Werk soll in genau der perfekt fehlerbehafteten Realität zu Rande kommen, wie sie auch tagtäglich in unseren Einrichtungen regiert. Mit sämtlichen Makeln, Ungereimtheiten oder transparenten Emotionen.

Im Strang der Handlung fällt der exerzierte Gehalt der Wahrheit womöglich in ein weit entlegenes Raster. Wahrscheinlich unerreichbar, aber gewiss auch unverblümt. So unverblümt, wie die Aura derer, die sich als am Jüngsten wähnen. Unsere Mitte verwirklicht da, wo sie frei und autonom sprießen können. Nur wer tatsächlich im Gedankengut dieser Selbstbestimmung aufgehen lässt, erklimmt den Gipfel der Empathie, der Soziologie.

Wichtig wird stets und ständig sein, nicht nur über den Tellerrand hinauszuschauen, sondern über die gesamte Suppenschüssel.

© 2021 Georg Bock

Buchsatz von tredition, erstellt mit dem tredition Designer

ISBN Softcover: 978-3-347-45898-7
ISBN Hardcover: 978-3-347-45899-4
ISBN E-Book: 978-3-347-45900-7
ISBN Großdruck: 978-3-347-45901-4

Druck und Distribution im Auftrag des Autors:
tredition GmbH, Halenreie 40-44, 22359 Hamburg,
Germany

Kapitel 1

Im Natural einer jeden Menschlichkeit obliegt der Wille im pessimistischen Zwang, in reiner Furcht nach der Alleinsamkeit. Manche haben Angst es zu zeigen. Manche zeigen es aus Angst.

Der Wecker reißt mich mit präziser Sorgfalt aus dem wenig erholsamen Schlaf. Mit dem überaus schrillem Ton im Gehörgang wage ich den ersten Versuch des Aufsetzens und scheitere dabei klanglos. Nach fünf weiteren Schlägen des Zeigers fällt der nächste Entschluss. Mein gebrechlicher Körper sitzt erst in der schmerzenden Senkrechte und steht dann endlich auf zwei Beinen. Durch das von dreckigen Klamotten belegte Schlafzimmer gelange ich an die weiße Holztür und überlege mehrfach, ob dies für heute der berufene Handgriff sein soll. Nach dem Bemerken der fehlenden Wahl, kommt das Bad als nächste Anlaufstelle in Frage. Entlang des kurzen Flures knackt das abgelaufene Laminat nur so vor sich her. Meine Physis befindet sich derweil in der gewohnten Alarmbereitschaft. Das pochende Hämatom nahe des Brustbeines hebt mein relatives Schmerzempfinden in eine ganz neue Dimension. Gerade als der erste echte Luftzug mein Zwerchfell zu kitzeln droht, verfalle ich in einen zerfetzenden Hustenanfall. Lauthals brülle ich jeden angedockten Schleim aus der Luftröhre. Die Rippen müssen eindeutig angebrochen sein.

Im Badezimmer angelangt, erleichtere ich mich auf der Toilette und wische im Anschluss die Zentimeter dicke Staubschicht vom Wandspiegel mit der flachen Hand ab. Ein entsetzliches Bild gibt sich dort wieder. Das zertrümmerte Knochengewand ist wahrhaftig nicht die einzige Blessur, die vom Vortag als Souvenir haften blieb. Eine klaffende Fleischwunde oberhalb der rechten Augenbraue blinkt so tief rot, dass sie glatt als Feuerwehrsirene durchgehen kann. Ich versuche gar nicht erst, sie mit etwas Unangebrachten abzutupfen. Vorsichtig streckt sich mein krummer Arm nach der blau gefärbten Zahnbürste im Waschbecken. Nachdem das Gebiss nur provisorisch gestreichelt wird, fällt das Handstück wieder in die Keramik. Im Anschluss an die fast schon überflüssige Morgenroutine erhascht mein Blick ein weiteres Mal das schaurige Antlitz, welches früher einmal einen recht ansehnlichen Flair vorzuweisen hatte. Die offene Stelle im Gesicht beginnt nun, mit dem deutlich höher werdenden Blutdruck, ordentlich zu triefen. Das Blut rinnt langsam und warm in Richtung Auge. Meine Brust fühlt sich narkotisierend taub an. Doch nicht das entstellte Äußere verstört mich in den Grundfesten. Es ist der Gedanke an die absolute

Normalität eines solchen Zustandes.

Gedankenverloren schreite ich zurück ins mit stickiger Luft gefüllte Schlafzimmer. Durchaus hoffnungsvoll wird die vor mir liegende Müllhalde an zerknitterten Klamotten inspiziert. Hier ein weites Brandloch im ausgewaschenen T-Shirt. Da ein zerrissener Ärmel am einzig verfügbaren Pullover und dort ein nicht zu übersehender Blutspritzer am Oberschenkel der hellblauen Jeans. Aus Mangel an wirklich brauchbaren Alternativen schlucke ich meinen Ekel, sowie den ohnehin nicht mehr vorhandenen Stolz herunter und zwänge mich in die erbärmlichen Kleider.

Der zweite Hustenanfall des Tages begegnet mir noch, ehe ich die knarzende Haustür von außen schließen kann. Mit Sternen vor den Augen erblicke ich die noch leeren Gassen in der Dunkelheit. Die Hauptstraße zieht sich gerade weg von meinem Eingang. Als eine Art nicht enden wollender Weg der Verzweiflung. „Tu es nicht", sind die ersten hörbaren Worte aus dem vertrockneten Mund. Jeden Morgen. Ohne Erfolg. Die ersten Fahrzeuge passieren meine geduckte Erscheinung an diesem noch jungen Junitag. Sie wirken dabei wie die angestachelten Motten, welche sich vom Licht schier magnetisch angezogen fühlen. Merkwürdigerweise manövrieren sich alle Benzinkutschen entgegen meines Fußweges. Womöglich der nächste Wink mit dem Zaunpfahl den Rücktritt in Betracht zu ziehen. Dieser magischen Symbolik abgewandt bewegen sich die müden Extremitäten vorwärts. Zehn vor sechs gibt mir die schwarze Digitaluhr vom linken Handgelenk aus an und erhöht mit Begreifen dieser Tatsache den Adrenalinspiegel automatisch. Rechts an der Hauptstraße führt der schmale Gehweg bis hin zu den ersten Blockbauten. Die frische Morgenluft scheint meinen demolierten Brustkorb dabei etwas in Entspannung zu versetzen. Die hiesigen Plattengebäude, die leider schon das Ziel der kurzen Reise darstellen, leuchten dabei aus allen möglichen Fassetten. Mindestens jedes zweite Fenster strahlt mit einem gedimmten Licht von innen heraus. Hier und dort sind einige Köpfe zu erkennen, deren wirklichen Aufgaben aber nicht. Die bröckelnde Fassade an der rechteckigen Vorderseite passt in das stimmige Gesamtbild. Ausgebrochene Steinschläge auf verblichenem Beton übersäen die Front mit einer Plage. Wer diese massiven Felsklötze sein Heim nennt, der ist entweder furchtbar weit vom rechten Pfad abgekommen oder hatte jenen gar nicht erst ersucht.

Als die debütierende Häuserreihe sein Ende nimmt, biege ich wiederum scharf rechts ab. Der nun unter den Füßen liegende Trampelpfad weißt noch die gestrigen Spuren auf. Abermals wird mir innig bewusst, dass ich wieder den Zustand der geistigen Umnachtung erreicht haben muss. Wieder hier lang zu gehen, beweist sowohl die erstickte Emotion, als auch den abgebrühten Skrupel meiner Person. Keine der beiden Umstände stellt sich dabei wirklich besser als die andere dar.

Ich unternehme noch drei, vier zaghafte Schritte und umkurve die flimmernden Gebilde. Die restliche Müdigkeit und wohl auch die damit verbundene Tagträumerei aus den Gliedern geschüttelt, stagniere ich nun vor des „Unheils Pforten". Ein wenig überspitzt formuliert, mit einem leichten Hang zur Melodramatik mag der ein oder andere denken. „Nicht, wenn man dort arbeiten muss.", wäre meine Antwort auf diese theoretische Floskel gewesen.

Vor mir erstreckt sich ein altes Fachwerkhaus aus roten Ziegelsteinen. Das gezimmerte Dach legt sich wie eine weiche Decke gewölbt über die obersten Holzstreben. Am Eingang wacht eine kleine Steintreppe, welche wahrlich nicht im Maß gesetzt wurde. Links und rechts soll ein altes Eisengeländer den möglichen Halt bieten, dient aber dabei eher als historische Dekoration. Oben angelangt, eröffnet sich eine sperrige Glastür mit weißem Rahmen und einer verrosteten Klinke. Gleich daneben befinden sich mehrere schwarze Knöpfe auf grauem Untergrund. Hier sollten einst Klingelschilder ihren Triumph finden. Sie sollten.

Den wohl fatalsten Eindruck hinterlassen die viereckigen Fenster der jeweiligen Geschosse.

Nicht etwa weil sie besonders ungepflegt daherkommen, sondern weil sie komplett abgedunkelt sind. Kein einziger Strahl Tageslicht kann und wird dort jemals ein Durchkommen finden. Vielerlei linguistische Phrasen, die schon vor einigen Jahrzehnten ihren kultivierten Erfindern von den Lippen gingen, besagen ja, dass man das Innere vom Äußeren nicht überschatten lassen darf. In meiner aktuellen Hinsicht werden diese trivialen Gesetze gänzlich neu geschrieben. Ich lasse einen letzten Blick durch das üppige Gestrüpp unterhalb des Einganges schweifen. Die fehlende Motivation zum Grund zu nehmen, wäre ein märchenhaftes Trugbild. Dieses wird aber ebenso schnell von der angsterfüllten Gewissheit ausradiert. Erst recht, als ich das blaue Blechschild erkenne, welches sich weiter oben an der Tür befindet. Mit der grauen Aufschrift: „Kindergarten". Das tosende Geschrei hinter dem wenig verspre-chenden Zugang spielt die morgendliche Melodie der Disharmonie ab. Nicht die erträgliche oder aus-zuhaltende Art von Lauten. Eher diese, als würden tausend kleine Messerstiche das ohnehin schon ausgelaugte Trommelfell malträtierten. Jene hohen Töne lassen meinen Herzschlag in derartige Sphären schlagen, dass mein Knochenkleid wieder zu detonieren droht. Immer noch leicht benommen, nehme ich den kurzen Anstieg, öffne die überraschend gut geölte Tür und stehe inmitten eines kahlen Stufenaufganges. Die bevorstehende Wendeltreppe muss ein Relikt aus längst vergangenen Tagen sein. Anders kann man die alten Granitplatten nicht erklären.

Ein Geruch von Erbrochenem, sowie säuerlichen Fäkalien steigt mir in die Nase. Nach einem tiefen Schluckreflex steige ich schweren Schrittes bis in die zweite Etage. Von Bildern oder schmückenden Elementen fehlt jede Spur. Fehlende Wegweiser und nicht vorhandene Grundrisse zum Auffinden der Eventualitäten sind hier längst zu einer Sache der Gewohnheit geworden. Die nackte Kalkwand zu meiner Seite blickt einen an. Mit der blanken Beklemmung im Fundament.

Oben angekommen, ereilt mich schon der Vorraum meines derzeitigen Gruppenzimmers. Zwei einfache Holzgarderoben erfüllen hier ihren Zweck nur zweitrangig, da sämtliche Bekleidungsstücke der Kinder den Vinylboden zieren. Ein reines Wirrwarr aus Schuhen, Gummihosen und gleich aussehenden Jacken. Im Storchengang quäle ich mich über den undurchsichtigen Berg. Der fast verdrängte, weil so gewohnte Lärm wird nun greifbarer denn je. Die Greifer strecken sich schon zur Zimmertür, als sie mir wie von Zauberhand entgegengeworfen wird. „Habe ich doch richtig gehört. Unser Sonderpädagoge hat es auch noch einrichten können.“

Vor mir steht Tom ein muskelbepackter Mann mittleren Alters. Seine kurz geschorenen Haare unterstreichen die massiven Gesichtszüge. Das schwarze Polohemd wirft sich wie eine Silhouette über die kernige Statur. Eine kurze Stoffhose in dunkelgrüner Farbe komplettiert die imposante Erscheinung des einen Meter neunzig Hünen.

„Dein Kopf pulsiert ja immer noch so schön rot. War gestern nicht so gemeint und jetzt rein mit dir. Die Wänster sind schon wieder am Rande des Wahnsinns.", spricht er mir noch wohlwollend entgegen, zieht mich dann aber energisch am Schlafittchen in den Gruppenraum.

Drinnen wird mir das erwartete Spektakel zu Teil. Ein bunt gemischter Ameisenhaufen an Kindern tobt wie wild geworden von links nach rechts. Dem ersten fliegenden Baustein weiche ich noch gekonnt aus, der zweite trifft mich genau am Schienbein. Ein wirkliches Spielverhalten als solches lässt sich nicht festhalten. An der hysterischen Horde erlangt man den Eindruck, dass diplomatische Grenzen nur ein diffiziles Fremdwort in der zugeschnürten Politik sein können.

„Wo soll ich zuerst hin?", frage ich Tom mit zitternden Stimmbändern. „Du gehst heute zu den Vierern." antwortet er mit einem leichten Hauch von Schadenfreude. „Salu wartet schon hinten auf dich."

Mit den Händen schützend vor dem Körper, bahne ich mir den Weg durch das überfüllte Zimmer. Schon nach der ersten Observation wurde spürbar, dass zwischen diesen gelb beschmierten Wänden nicht mehr als fünfzehn Kinder Platz finden dürften. Ein simpler Überschlag reicht aber bereits, um die weit höhere Anzahl an jungen Menschen zu realisieren.

Noch bevor das angestrebte Ende der Kammer erreicht ist, sitzt ein weinendes Kind direkt vor meinen Füßen. Ich bin gerade dabei, mich zu dem schmächtigen Jungen herunter zu beugen, als eine lange Pranke ihn mit gezielter Kraft in die aufrechte Position befördert. Links von mir steht das nächste Ungeheuer in Person. Nicht minder schwächer gebaut als Tom, sagt mir Norris guten Morgen und verzieht dabei nicht den Deut einer Miene.

„Wir haben doch vor fünf Minuten klar angewiesen, dass jetzt Spielzeit ist. Dann spiele jetzt gefälligst auch.", wirft er dem verstörten Kind hinterher. Angst erfüllt meine schlagenden Venen. Den physischen Akt fühle ich nicht weniger ausdrucksvoll unter meiner Haut. Doch noch viel immenser unterläuft das offenbarte Wissen die Adern, wieder einmal nichts ausrichten zu können. Direkt neben den Fünfern schließt sich dann der Gruppenbereich der Vierer an. Die nach dem Alter gekennzeichneten Gruppen zeigen abermals den entwürdigenden Charakter dieser Einrichtung an.

Einser, Zweier, Dreier, Vierer, Fünfer und die Großen betiteln leblos die hilflosen Geister des Hauses. Der basierende Grundgedanke liegt dabei schonungslos transparent auf der Hand. Ausgedrückt in Zahlen, sind die Kinder nun leichter in entwicklungsfähige Schubladen zu stecken. In Zuge dessen kann genauestens exerziert werden, was die Individuen in welchem Lebensjahr zu leisten haben und ebenso, was unter keinem Umstand erreicht werden darf. Ist ein Junge oder ein Mädchen beispielsweise in einem Entwicklungsbereich hochbegabt, wird die Gewalt betonte Zurückstellung inszeniert. Die rückwirkende Anpassung an die anderen Gruppenmitglieder macht es für den sogenannten Erzieher schlichtweg einfacher, zu agieren. So werden unangenehme Fragen erst gar nicht gestellt oder bedürfen irgendeiner empirischen Antwort. Fällt ein Kind im gegensätzlichen Verhalten von der breiten Masse nach hinten ab, wird es wie ein rohes Stück Fleisch behandelt. Mögliche Ressourcen oder Fehler werden in Verbindung mit Sanktionen eiskalt ausstaffiert. Hierbei spielt insbesondere die psychologische Erniedrigung eine essentielle Rolle. „Wer nichts weiß, der bekommt nichts heiß´.", klingelt mir noch heute Tom´s berühmt berüchtigte Phrase in den Ohren. Gemeint ist die einfache und gleichzeitig unmenschliche Verwehrung von warmen Mahlzeiten bei einem der erwähnten Fehltritte. So ist sicher gestellt, dass alle emotionalen Empfindungen durch die dunkle Klaue von oben ersetzt werden. Weder echter Wille, lebhafter Spaß, noch explizite soziale Bezüge werden somit zugelassen. Alleinig das unantastbare Wort des Befehlshabers zählt. Das sich die Kinder anbei noch nicht in der intellektuellen Ausgangslage befinden, um das gesamte Ausmaß ihres Handelns evaluieren zu können, ist ein sarkastischer Beigeschmack geworden. Jene kolportierten Diskreditierungen hinterlassen bei den Kleinen nur Introvertiertheit oder extremes Aufmerksamkeitsbegehren. Nichts als das erfüllende Machtgefühl der Erwachsenen und der Selektion der Stärksten soll hier zum desaströsen Vorschein kommen. Von fehlender Wertschätzung zu sprechen, wäre ein Frevel an sich, da solche Gefühle hier von Beginn an keinen Ort zum Blühen fanden.

Der weitläufige Gruppenraum der Vierer ist nicht weniger spartanisch eingerichtet, als alles was bisher visuell wahrzunehmen war. Nachdem die Holztür hinter mir mit rasanter Geschwindigkeit zuschlägt, kreisen meine Sehkanäle erneut fassungslos. Ein entscheidender Unterschied zur vorherigen Station ist allerdings die klar erkennbare Ordnung und Sauberkeit aller Elemente. Unverrichteter Dinge könnte man hier problemlos eine Operation am offenen Knie ausüben, ohne dabei in Kontakt mit gefährlichen Bakterien zu gelangen. Der

Geruch von Desinfektionsmittel ätzt mir derweil tief in den Nasenschleimhäuten.

Im pedantischen Schauplatz befindet sich jedes einzelne Spielobjekt wie ein gut sortiertes Puzzle nebeneinander. Die veralteten Puppen liegen im hinteren Teil des Raumes bei ihren Holzwägen. Rechter Hand stellen sich die Plastikbausteine fein geordnet in Reih und Glied. Kein Kind spielt hier. Kein Kind soll hier spielen, da die angedrohten Strafen bei einer Durchbrechung des Systems auch hier wie ein Damoklesschwert über allem schwebt. Schon fast bemerkenswert, wie hoch sich die Diskrepanz der beiden Räumlichkeiten herauskristallisiert. Bemerkenswert und verheerend.

Weniger Dezibel empfängt mein Gehörgang dennoch nicht. Da sich die Vierer nun noch eher mit sich selbst und den resultierenden Grabenkämpfen beschäftigen müssen, fliegen die Fäuste schreiend umher. An einem Strang wird hier nur gezogen, wenn sich zwei Gruppenmitglieder mit dem gleichen Opfer zanken.

Salu winkt mich schon in ihrer bestimmenden Couleur in die Ecke. „Siehst du, wie akkurat die ganzen Spielsachen noch beieinander stehen? Hat sich meine Herangehensweise mal wieder bewährt. So etwas kann man eben nicht lernen, mach dir nichts draus. Ich bin nun mal schon lange dabei und habe einen riesigen Fundus an Erfahrungsschätzen." „Du und dein Fundus.", nuschele ich in meinen drei Tage Bart. „Erlaubst du dir etwa irgendeine kritische Anmerkung?" „Keineswegs. Was hast du heute geplant?", interveniere ich zur Sicherheit. Ich widerspreche ihr nicht weiter auch wenn es mein eigentlicher Wille ist. Mit jeder Faser des gescholtenen Körpers versuche ich, gegen dieses innere Aufbegehren anzukämpfen.

Mit einer Person wie Salu nützt dir keine noch so kontroverse Diskussion dieser Welt etwas. Sie ist eine dieser Menschen, die vor Selbstliebe und dem eigenen Profilieren nur so tropfen. Worte wie Bescheidenheit und Demut werden als abgetanes Delikt der Schwäche bezeichnet. Die Ich-bezogene Charaktereigenschaft relativiert dabei jedes Mittel. Salu würde sich lieber in die eigene Hand schießen, als jemals einer anderen Person den Mittelpunkt zu überlassen. Schon allein aufgrund ihres höheren Alters geht sie der felsenfesten Überzeugung nach, schlichtweg alles besser zu wissen. So konservativ. So selbstsüchtig. So fern von mir.
„Ich und ganz weit danach du werden diesen ungezogenen Biestern heute beibringen, wie man sich in der Gemeinschaft unterordnet.", unterweist sie mich, während eine Strähne aus ihrem streng gebundenen Zopf in das faltige Gesicht fällt. Sie muss mindestens vierzig sein.

Auf des bizarren Lehrmeisters Ansagen senke ich herab. Die anschließenden fünfzehn Minuten sitzt meine schwache Hülle auf dem kalten Teppichboden. Mein Blick schweift von einer Rudelbildung zur anderen. Die drei stämmigsten Jungen der Vierer haben dabei wenig überraschend die Vorherrschaft im infantilen Ring übernommen. Jeder versucht sich einmal mit ihnen zu messen. Selbst ein dynamisches Duo von kleingewachsenen Mädchen mit blonden Haaren bieten die Stirn. Ein wirklich triftiger Grund liegt hinter der ganzen Rauferei mit gänzlicher Wahrscheinlichkeit nicht. Kann es auch gar nicht, da weder potenzielle Spielsachen, noch platztechnische Belange in Aussicht stehen.

„Was ist nur aus dem einfachen Spiel der Kinder geworden?", trudelt mir ahnungslos durch die Sprechblase. Mein mit inbegriffenes Schamgefühl steigt dabei erneut bis zum absoluten Siedepunkt. Unterbrochen wird mein offensichtliches Bewusstsein des Versagens durch die grau-grünen Augen am anderen Ende der Wandseite. Elliw schaut tief in mein Innerstes. So fühlt es sich zumindest an. Das isolierte Mädchen hält sich mit Sicherheitsabstand vom Rest der jagenden Gruppe fern. Ihre dunkelbraune Cordhose passt heute exakt zum Farbumfang der offenen Haarpracht. Ein rosarotes T-Shirt leuchtet schon fast sinnbildlich durch das gesamte Zimmer. So sanft diese kleine Blume daherkommt, so schutzlos ist sie auch. Es wäre nur eine Frage der Zeit, bis die Prügelrunde zu ihr überschwappt. Mein Beschützerinstinkt meldet sich diesbezüglich nicht zum ersten Mal zu Wort. Einem verstummten Wort, da die Hilfestellungen oder ein Eingreifen in Auseinandersetzungen deutlich untersagt sind. Salu würde umgehend an Tom´s Tür klopfen und ich hätte eine zweite Narbe im schweren Gepäck.

Mit dem Einläuten des nächsten Überganges, wird der Morgenkreis ins Leben gerufen. Ein hoher Klang erklingt im noch höherem Takt. Das gewohnte Prozedere bietet sich dar. Nach hartem physischen Kampf haben Salu und ich die aufgescheuchte Herde gezähmt. Man muss hier wirklich von zähmen sprechen. Nun sitzen alle gezählten sechzehn Kinder in einem ellipsenförmigen Gebilde. Nachdem das Alphatier mehrmalig die tatkräftige Drohung kundig macht, Tom bei einem gewissen Lautstärkepegel dazu zu holen, kehrt zum ersten Mal so etwas wie Ruhe in den abenteuerlichen Tag ein. Eine erkaufte, erzwungene Ruhe auf dem Sockel der Angst.

Ich lasse mich in Sitzreihe nieder. Direkt neben Elliws Anwesenheit, da dort die einzig freie Lücke hervorsticht. Salu dreht indessen ihre argwöhnischen Runden. Sie tigert in einer beklemmenden Manier um die wartende Manege. Ihr Blick würdigt dabei keine einzige Chance nach unten.

„Was ist es, was ich auf keinen Fall hier möchte?", fragt sie fast schon rhetorisch. Nach einer Minute der Stille, traut sich ein pausbäckiger Junge namens Mario aufzustehen. Wer jetzt denkt, den Zorn Salu´s geweckt zu haben, der irrt. Jener Appell des Kindes beinhaltet die verstörende Antwort. „Korrekt Mario.", fühlt sich der Dompteur bestätigt. „Nun setz dich wieder. Keinem Jungen oder Mädchen hier, wirklich niemanden, ist es erlaubt, hier alleine zu entscheiden. Schon gar nicht wenn der Erzieher, also ich, etwas anderes vorgegeben hat." Mir stellen sich die Nackenhaare auf. Geht man hier einzig vom demokratischen Ansatz aus, mag diese Ideologie keine eindeutig verwerfliche sein. Doch hier findet etwas anderes statt. Etwas punktuell manipulatives.

Die Kinder werden nicht zu einer kopflosen Einheit geformt, um den Gedanken des breiten Kollektives zu leben, sondern um alles Individuelle zu vergessen. Ein junger Mensch welcher autonom und partizipierend agiert, ist deutlich schwerer zu kontrollieren, als eine bejahende Masse. So wird die Gruppe als großes Ganzes ineinander kopiert und alle Teilnehmer verhalten sich so, wie der Partner neben einen es vorlebt. Ob aus Angst, Lust oder dem eigenen Schutzmechanismus heraus. Sie werden dazu gedrillt. Wer meint, sich auflehnen zu müssen, wird gnadenlos verpetzt und ausgeliefert. Dadurch machen sich die suggerierenden Hirten noch die letzte verbliebene Eigenschaft der armen Schäfchen zu nutze.

Salu hält nahe meines Rückens an. Ich spüre schon fast ihren warmen Atem, als sie das Wort explizit an mich richtet. „Und was tun wir, geliebter Herr Kollege, um diesen Zustand bei zu behalten?" „Wir zeigen warum die Denker schwach sind. Und die die mitlaufen stark.", gebe ich schon wie eine Art Tonband zurück. „Mehr noch als das!", jetzt ist der erste Schaum am Mund des Wortführers zu erkennen. „Wir dulden es nicht, dass die Kinder, die sich etwas erlauben, dies noch einmal tun können. Wie sagt unser lieber Tom immer so schön? Wer nichts weiß,..."

Meine Aufmerksamkeit schattiert die nichtssagenden Augen der perplexen Jungen und Mädchen. Rein gar nichts von alle dem scheinen sie verstanden zu haben. Nichts bis auf die Lehre des boshaften Nachbarn. Auf diesen besorgniserregenden Spruch müssen die Kinder schon so konditioniert sein, dass alles was danach kommt, nur noch im Stile einer Marionette ausgeführt wird. Hinter mir zieht sich die spürbare Schlinge wieder etwas auseinander. Salu setzt ihren gebieterischen Lauf fort. Eine ellenlange Rede von ihrer damaligen Zeit als Krippenerziehern folgt, woraufhin ich in Trance verfalle. Die Müdigkeit und meine körperliche Verfassung müssen wohl kurzzeitig die Reset-Taste auf der kognitiven Fernbedienung gedrückt haben. Ein paar alte Fiktionen von meinem eigenen Kindergartenaufenthalt tanzen vor der geistigen Flimmer Tango. „Wie frei wir damals alle waren. Wo spielen noch spielen war. Wo Träumen noch hinterhergejagt wurde. Wo Freundschaften noch das höchste Gut waren. Wo...."

Wie vom grellen Blitz getroffen, schrecke ich auf. Urplötzlich juckt mir etwas an der Hand. Mein Kopf neigt sich bedächtig nach unten und lässt die Halsmuskulatur ordentlich arbeiten . Eine kleine rührende Tatze liegt zwischen Mittel- und Ringfinger. Die von Elliw. Sie hat offenbar mitbekommen, dass ich im Traumland umherwandere und gibt mir dies nun mit einer beruhigenden Geste zu verstehen. Noch viel mehr als diese eindringliche Aufmerksamkeit wiegt aber die bevorstehende Gefahr. Ich muss sofort an die Konsequenzen denken. Rein instinktiv. Würde Salu diesen Körperkontakt für Voll nehmen, stände uns beiden ein saftiger Schlag bevor. Doch nach dem Bruchteil einer Sekunde strahlt irgendetwas Gelassenheit aus. Eine unaufgeregte Haltung füllt mein Herz wohlig warm, so wie ich es schon ewig lang nicht mehr gespürt habe. Vorsichtig richte ich meine Augenpartie wieder nach oben und vernehme, dass Salu just in diesem riskanten Augenblick etwas vom Schreibtisch in der Ecke holt. Diesen Moment der Abwesenheit hat Elliw für ihr markerschütterndes Emblem genutzt. Ein mutiger, intelligenter und zugleich emotionaler Schritt.

Nachdem sich der Platzhirsch mit einem großem Block weißer Papiere wieder zu uns wendet, löst sie die Verbindung reaktionsschnell wieder auf. Ein gewichtiger Haufen Buntstifte regnet in die Mitte des Kreises. Die Kinder erhalten die nette Beibitte sich und ihre besten Freunde zu skizzieren. Voneinander abmalen, deutlich erwünscht. Nicht mehr oder weniger. Antriebslos beginnen die Kleinen ihre krakeligen Kunstwerke zu verwirklichen. Wenige Streitereien entstehen um die beliebten Farben der Stifte, werden aber umgehend von Salu´s Wink in Richtung Tom´s Tür für beendet erklärt. Bis zum Mittagessen muss diese wenig erfüllende Aufgabe nun mit einem gekünstelten Lächeln vollbracht werden. Einen zwischenzeitlichen Toilettengang gibt es währenddessen nicht. Für niemanden. Die Kinder sollen erst dann gehen, wenn sie auch wirklich müssen und das ist rein rechnerisch kurz vor der Bettruhe. Wer auch immer diese unwürdigen Fakten zum Wohle der Menschheit ausgerechnet haben soll. Die Mittagsmahlzeit verläuft entsprechend ruhig ab. Ich hole dabei, wie jeden Tag, vier Esstische und die dazugehörigen Stühle aus dem Dachgeschoss herunter. Alle setzen sich auf die für sie angedachten Plätze. Nun wird gewartet. Sehnsüchtig gewartet, dass endlich etwas Warmes in die ausgehungerten Bäuche wandert. Ein prozentual bestimmender Großteil der zu stopfenden Mägen, kommt für heute zum ersten Mal mit einem Lebensmittel in Kontakt. In den glänzenden Rehaugen lässt sich nur vermuten, was dies an Verlangen bedeutet.

Tom öffnet den Vorhang und schiebt den silbernen Wagen mit mehreren Kochtöpfen darauf hinein. Sofort riecht es stechend nach Kohlgemüse. Eintopf steht auf dem Speiseplan, was die Kinder nicht unbedingt in ausgiebige Jubelstürme versetzt. Doch zu groß ist die gegenwärtige Angst, sich gegen etwas aufzulehnen oder gar die einzig verfügbare Kost verwehrt zu bekommen.

Nachdem ich jedem Gast einen vollen Teller aufgetischt habe, beginnt Salu mit dem nächsten Ritual. Der Tischspruch ist eines ihrer absoluten Highlights des Tages. Wie eine abscheuliche Dirigentin stellt sie sich empor. Wie in die Oper zurückversetzt gefühlt, die ich selber nie besucht habe, lauschen meine Hörer der unverwechselbaren Symphonie. „Alle Kinder lassen es sich schmecken und auch ja nicht vom Nachbarn necken. Alle Kinder wollen es nun wissen, was geschieht dem letzten Bissen. Alle essen schön den Teller leer, denn danach gibt es nicht´s mehr." Mit dem Kinderchor im Hintergrund scheint Salu Gefahr zu laufen, bis an die Decke zu schweben. Sie wirbelt spektakulär mit den Brauen, als hätte sie gerade eine Begegnung der dritten Art erlebt. Ich meine sogar zu beobachten, wie eine kleine Träne ihre raue Wange in schimmernden Glanz versetzt. Ohne mit der Wimper zu zucken, wird das weiße Porzellangeschirr leer gegessen. Einigen Jungen und wenigen Mädchen sieht man den wahrhaften Würgereiz beim Herunterschlucken an, worauf schnell der zweite Löffel folgt. Folgen muss. Niemand verliert auch nur den Laut eines Wortes. Versetzte Stille im Einklang der schwebenden Gesetzmäßigkeiten. Gleich nebenan am Schreibtisch verköstigt sich Salu nach dem Allerfeinsten. Goldglänzende Kartoffeln, herrlich duftende braune Soße und ein teuer mariniertes Stück Fleisch zieren ihre Essplatte. Ein Touch von mutwilliger Vorführung liegt in der Luft. Als einen Lernprozess hat mir Salu diese Farce nahe gebracht. „Damit die Kinder sehen, was sie mal erreichen können, wenn sie sich fleißig am Vorbild der Erzieher orientieren. An meinem Vorbild." Die Zeiger der Uhr haben nun fast die Zwölf erreicht. Der lang ersehnte Toilettengang darf jetzt stattfinden. Ich folge dem Tross ins Bad, welches sich links neben der Garderobe befindet und lehne meinen Rücken gegen die Mittelkonsole der Waschbeckenreihe. Vielen fällt das Zurückhalten jetzt schwer. Sie drängeln, schubsen und streiten um die drei möglichen Kabinen. Sechzehn prall gefüllte Blasen zusammengepfercht auf wenige sanitäre Anlagen. Wahrlich muss hier kein promovierter Mathematiker am Werk sein, um solch eine Unzulänglichkeit aus zu klamüsern. Mein Dienst des Aufpassers verlangt eigentlich von mir, die heißblütige Masse zur Vernunft zu bringen. Ich denke kurz darüber nach. Sehr kurz allerdings, da es hier um ein einfaches Grundbedürfnis geht und jeder erwachsene Mensch schon einmal mit drückendem Unterleib vor dem laufenden Wasserhahn stand. Minutenlang.

Nach einer gefühlten Ewigkeit verlässt auch das letzte Kind die schallende Räumlichkeit. Mit dem von schwarz zerfressenen Lappen in der Hand beginne ich meine Putzarbeit. Graue Fließen, welche vor Jahren wohl einmal weiß gewesen sein mussten, umgeben mich wie ein Gefängnis. Als ich die vollgeschmierten Spiegel auf Kinderhöhe abtrockne, wird jeglicher Blockkontakt vermieden. Nicht mein von Blessuren gepflasterter Körper würde mir dabei die pure Schande ins Gesicht donnern, sondern die tadellose Blamage die hier pädagogische Arbeit genannt wird. „Wie kann ich, das nur mit mir vereinbaren?", trudelt mir durch die Gedankenlücke. „Ich kann es nicht.", fällt der schwere Hammer mein Urteil. Nichts, aber auch rein gar nichts von alle dem, was hier vor sich geht, würde auch nur ein halbwegs sozialer Mensch gut heißen können. Nicht für sein Kind, nicht für irgend ein Kind. Die lodernde Problematik der ganzen Ursachenforschung wird aber mit der einfachsten aller Antworten gelöscht. Es gibt sie nicht mehr, die sozialen Menschen. Manchmal gelange ich in den melancholischen Strudel und frage mich, ob es diese Menschen jemals gab. Ob es sie jemals wieder geben wird. Mit der letzten sauberen Klobrille ist mein Auftrag erfüllt. Bei den Fünfern wünschen mir Tom und Norris ironisch eine gute Mittagsruhe. Sie erinnern mich dabei jedes Mal an das Affengehege, welches ich vor Jahren einmal im Zoo unter die Lupe nehmen durfte. Zwei furchterregende Gorillas welche nur so darum streiten, sich vor des Publikums Augen zu profilieren. Mit dem triftigen Unterschied das jenes Balzverhalten hier keiner schaulustigen Touristen-einheit gilt, sondern den armen Unterdrückten. Totale Dunkelheit erwartet mich. Das Licht bei den Vierern ist jetzt komplett ausgeschaltet. Einzig die kleine Schreibtischlampe samt Salu´s Schatten ist zu sehen. Die Kleinen liegen wie die Sardinen drapiert auf ihren Stoffmatten. Alle besitzen das gleiche Kopfkissen und hellblaue Deckenbezüge. Kuscheltiere oder ähnliche Bezugsgegenstände sind nicht gestattet. Sie könnten für eine ungleiche Ablenkung sorgen, welche während der genötigten Schlafenszeit wenig erwünscht ist. Ich schließe die Tür hinter mir und lasse mich gleich noch am selben Punkt nieder. Quietschende Geräusche kommen vom Untergrund meines Gesäßes nach oben. Mit dem Kopf auf den Knien genieße ich zwar die erzwungene Ruhe, fürchte aber gleichzeitig auch deren bedrohliche Quelle. Salu macht sich unter ihrem leuchtenden Kegel hastig Notizen. Für wen oder was auch immer.

Eine halbe Stunde lang denke ich über meine eigene Kindheit nach. Zumindest über die nebeligen Rauchschwaden die mir noch als Erinnerungsfetzen übrig blieben. Damals als noch alles anders war. Als man noch Kind sein durfte. Als sich Elternhaus und pädagogisches Personal in einer schöpferischen Union befanden, um nur das bestmögliche für Sohn oder Tochter zu ermöglichen. Damals als alles noch einen Namen hatte, wir Freund und Freundin nannten und den sozialen Gedanken vertraut nach außen posaunten. Damals als alles fair... . „Ich bin mal schnell austreten. Meinst du, ich kann dir diese wichtige Aufgabe kurz alleine überlassen?", überfällt Salu mein nostalgisches Karussell. „Natürlich. Bloß keine Eile."

Endlich wieder allein. Zum vielleicht dritten oder vierten Mal für heute kann ich richtig durchatmen. Ein tiefer Luftzug dringt durch die Gefäße meiner Lunge. So viele warme Worte jucken mir in diesem kurzem Moment der Zwanglosigkeit elementar unter den Nägeln. Triviale Bausteine wie die Emotion an sich oder einfachste Beachtung, quellen hervor. Sie alle sollten erfahren, dass solche Empfindungen eine Daseinsberechtigung hegen. Hier drinnen, außerhalb dieses Käfigs und überall sonst auf dem Erdball. Es scheint so nah und ist doch so fern.

In der lethargischen Atmosphäre kommen mir wieder die größtmöglichen Zweifel. Diese verschrobene Realität schon allein mit meiner Anwesenheit zu unterstützen, ist ein Kavaliersdelikt von der höchsten Güteklasse. „Bliebe mir doch nur die Wahl. Bliebe mir nur die kleinster Kerze einer Wahl. Ich würde diese Chance ohne zu Hinterfragen am Schopfe packen. Ich würde...", zaust es mir leise aus dem Mund.

Schier im selben Wimpernschlag raschelt die hinterste Schlafreihe verdächtig laut. Ein Kind hat sich aufgesetzt und blickt wie eine Katze in der Nacht durch mich hindurch. Auf den Zehenspitzen tänzele ich an den provisorischen Betten vorbei und muss nicht zwei mal hinschauen, um zu erkennen, wer sich den nächsten Drahtseilakt leistet. „Du hast erzählt. Ich möchte auch erzählen.", wispert mir Elliws liebliche Stimme zu. „Leg dich schnell wieder hin und mach die Augen zu. Du weißt doch, was passiert, wenn Salu dich so sieht." „Du kannst mich doch beschützen. Bitte." Daraufhin beginnen mir die Tränen in die Augen zu schießen. Die Sprache fließt verschlagen hinterher. Ein vierjähriges Mädchen bittet mich, um den angebrachtesten aller Gefallen und ich kann diesen Wunsch als Erzieher nicht erfüllen. Die umgarnende Hilflosigkeit legt sich wie ein rostiger Eisenzaun um meine Gliedmaßen. Ein Schmerz welcher ganz langsam, viele kleine Schnitte reißt, um den Auslöser besser verstehbar zu machen. Ich selber bin dieser stechende Impuls und je klarer mir dieses Gespinst kommt, desto tiefer frönen die Verletzungen. „Du musst dich wieder hinlegen. Bitte. Ich möchte nicht, dass sie dich bestrafen." „Du bestrafst mich nicht, das weiß ich. Du bist anders." „Wir beide sind anders und jetzt gute Nacht." Noch lange sitze ich im Schweiße meines Angesichtes an Elliws Seite. Tausend verworrene Dinge schwirren zwischen meinen Ohren. Dieses so kluge Mädchen, dieser empathische junge Mensch hat weit aus mehr verdient, als an diesem unsäglichen Ort fest zu sitzen. Selbst ein kurzer Augenblick unter verschwindendem Risiko unterläuft. Beinahe wandert meine Hand unbedacht an Elliws Stirn, bis die schreiende Tür wieder ihre Öffnung erlebt. „Was ist los da hinten in der Ecke? Irgendetwas worüber ich mir Sorgen machen müsste?", fährt Salu in die Parade. „Nichts. Wirklich nichts. Sie hatte nur zu laut geschnarcht. Das habe ich ihr ausgetrieben.", antworte ich geistesgegenwärtig, wobei mir ihr misstrauender Blick sofort ein dumpfes Bauchgefühl verschafft. Mein gesamtes Inneres krampft mit einer unnachahmlichen Kraft. Der personifizierte Spürhund muss bemerkt haben, dass im Raum etwas besprochen wurde. Womöglich hat Salu sogar an der Tür gelauscht, nur um uns auf frischer Tat zu ertappen. Sicherlich ist es nur eine Frage von Sekunden, ehe Tom als nächster ungebetener Gast die Schlafsituation auflöst und uns beiden eine verschärfte Lektion erteilt. Ich schließe kurz die Lider. Vor meinem geistigen Auge läuft das kurzweilige Horrorszenario ab. Der Prügelknabe und die zwei Opfer. Keine kompromisslose Satire dieser Welt könnte einen reiferen Titel tragen. Zum Verwundern aller aber stolziert Salu wieder an ihren Schreibtisch. Mit der blanken Rückseite zu mir sitzend, fällt sie ein letztes Urteil: „Das würdest du doch nicht wagen. Nicht schon wieder. Und schon gar nicht nach gestern."

Punkt Vierzehn Uhr werden die Kinder aus ihren Betten gescheucht. Der Großteil unter ihnen ist schon bereits fünf Minuten vor dem großen Hammerschlag erwacht, da der innere Alarm oder die eingefleischte Angst biologisch klingelt. Ich räume noch die spärlichen Betten an ihren Ursprungsort zurück und darf dann endlich die lang ersehnte Flucht nach Hause antreten. In mir brennt jede Sehne wie ein ausgebrochenes Feuer. So ungemein stark war der intrinsische Wille meinerseits, Elliw noch einen letzten Augenwink der Sicherheit und Zuwendung zu zuwerfen. Doch gerade nach diesem Tanz auf der Rasierklinge von heute Mittag, wird kein noch so winziger Versuch unternommen. Noch immer spüre ich Salus nimmermüden Seher in jeder Faser der Haut. Dick- fleischige Narben fordern den Bescheid.

Eine nicht erwähnenswerte Verabschiedung, der gewohnte Spießrutenlauf durch die Kabine der Fünfer und Schluss. Ein angenehmer Strahl der begrüßenden Nachmittagssonne kitzelt meine Nase. Die Luft der Freiheit schmeckt besonders fein. Sie schmeckt nach dem Ende einer Nerven zerreißenden Episode des preisgekrönten Krimis. Sie schmeckt aber auch nach dem puren Egoismus, da nur meine gescholtene Person dieses kostbare Aroma entgegen nehmen darf. Womit sich mein kurzzeitiger Ausschuss von Endorphinen sofort wieder wie von selbst ausradiert. „Ein Tag ohne neue Verletzung, ist ein gelungener Tag.", denke ich mir tröstend zwischen den Tiefen der Häuserschluchten. Endlich daheim angekommen, wird nichts weiter als das heilbringende Bett gesucht. So langsam steigt mir das Gespür wieder in die Glieder, erst recht nachdem mein gesamtes Gebilde mit der harten Federkernmatratze verschmilzt. Mit dem Kissen im Nacken starre ich an die Decke. Der weiße Putz entwirft ein Labyrinth aus zackigen Rissen. „Wie schön.", kommt mir in den Sinn. „Wie schön es wäre, in einem solchen Irrgarten zu leben. Man könnte sich vor seinen Peinigern verstecken. Vor den vielen Pflichten und den wenigen Rechten. Es wäre so leicht allem zu entfliehen und niemals zurück zu kehren."
Doch schon entfleucht diese wahnwitzige Illusion.

Der niederschmetternde Alltag mit all seiner Geradlinigkeit holt mich wieder ein. Die wildesten Theorien und Spekulationen folgen nun wieder auf den knappen Ausflug ins Abenteuerland. „Wie kann das nur alles sein? Wie kann so eine Sache überhaupt nachhaltig existieren und ganz besonders, was ist mit den Eltern dieser armen Kinder?" Kurz vor der Empörung stehend, erinnere ich mich seufzend zurück. Jene redundante Antwort auf alle Fragen scheint tatsächlich recht simpel. Sie ist sogar darüber hinaus pauschal einleuchtend, wenn man nur auf der richtigen Seite zu stehen vermag. Des Rätsels Lösung liegt doch so offenbart auf dem Spielbrett, dass alles weitere völlig rudimentär erscheint. „Die unumkehrbare Zeit gepaart mit dem narzisstischen Geist der Menschheit hat alles so werden lassen. Dauer. Neid. Egozentrisches Gemüt.", fasse ich die entschlüsselte Gleichung müde zusammen.

Im Moment des entsetzlichen Erwachens erscheint alles um mich herum gänzlich finster. Dies steht nicht primär mit der angebrochenen Nacht in Verbindung, sondern eher mit dem labilen Kreislauf. In Zeitlupe setze ich mich an die Rückenlehne des Bettes. Ob das Lattenrost oder Skelett dabei schräge Töne gibt, kann ich nicht beurteilen. Die Stirn fühlt sich nasskalt an, während die Wangen in hohen Temperaturen vor sich her arbeiten. Mindestens acht Stunden muss der Schlaf die zermürbende Wirklichkeit von mir fern gehalten haben. Neben dem erneuten Erfassen der körperlichen Instabilität zeigt mir dieser gestörte Rhythmus, wie zehrend die gesamte Ausnahmesituation wieder gewesen sein muss. Mit einem stechenden Schmerz nahe der Lendenwirbelsäule trete ich an das minimalistisch gebaute Fenster der Schlafkammer. Die Nacht auf den Straßen ist ruhig und friedsam. Es scheint, als würde ein tiefer Zug bevorstehen, welcher alles Soziale in sich hineinsaugt, nur um es dann in umgekehrter Wirkungsweise wieder heraus zu blasen. Eine Ruhe vor dem Sturm wäre mir zu profan, zu vorhersehbar. Nichts von dem was morgen wieder auf der Agenda feststecken wird, kann reell prognostiziert werden. In keiner Form. Ausschließlich eines gilt als so sicher wie des Schusters Leisten. Noch viel länger kann ich meine widrige Maskerade nicht aufrecht erhalten. Schon bald wird mir die Seil dicke Hutschnur platzen und alles herausschreien lassen. Ich sorge mich dabei nicht um mich. Meine reflektierende Wehmut gilt den Kindern, welche dabei in Gefahr geraten könnten. Sämtliche willkürliche Bestrafungen oder Verwehrungen, ob gerechtfertigt oder nicht, würden ebenso auf die Unschuldigen zukommen. Deren einzige Nähe, deren verschärftes Risiko.

Da kommt mir Elliws Handabdruck wieder spürbar in den Sinn. Langsam lasse ich meine Finger im hellen Mondschein tänzeln. An dem Berührungs-punkt unserer beiden Fühler scheinen die Lichtstrahlen besonders klar zu sein. Wahrschein-lich spielt mir der erschöpfte Verstand gerade einen sarkastischen Streich und dennoch erlaubt mir diese Fiktion eine wohlige Erfahrung. Schon rein aus dem zwischenmenschlichen Reflex heraus, höre ich die ehrlichen Worte des unverbrauchten Mädchens. Sie durchströmen mich in einer immer wiederkehrenden Dauerschleife.

„Ich muss es.", haucht der Atem von innen an die staubige Fensterscheibe. „Ich muss einen Weg finden. Einen Weg sie aus der Schussbahn zu bekommen. Wenigstens sie. Wenigstens eine wertvolle Tat welche meinen damaligen pädagogischen Schwur nicht gänzlich in die groteske Unglaubwürdigkeit lenken würde." Müde vom Denken sinke ich wieder zurück in die ungemütliche Koje. „Ich muss sie da rausholen. Wie kann man das Unmögliche möglich machen? Wie kann ich es schaffen? Wie nur? Wie... ."

In meinen jüngeren Lebensschritten wäre mir nie in die denkende Kerbe gekommen, einmal den Werdegang des Erziehers einzuschlagen. Zu laut, zu hektisch, zu undankbar lautete die damalige Devise der Schaffenskraft. Unzählige Tritte in den Allerwertesten wurden benötigt, um den finalen

Kampf gegen den prägnanten Schweinehund zu gewinnen. Nun bin ich ein gestandener Mann. Zumindest konnte ich das früher einmal von mir behaupten. Zu einer Zeit, in welcher der Beruf des Pädagogen noch ein rechtes Ansehen vorzuweisen hatte. Heute wird man entweder gefürchtet oder verachtet. Unsere Methoden im Jahre 2024 werden gewiss nicht toleriert, aber geduldet. Der schlichte Weg zur Alternative fehlte. Ein schleichender Prozess der Akzeptanz machte sich breit, da alles was mit sozialen Tiefgründen in Verbindung stand, einer psychischen Anstrengung unterlag. Und ist man mal ehrlich, so sind Anstrengungen nichts für Menschen deren persönliche Auffassungsgaben nur von der Flimmerkiste bis hin zum Smartphone reichen.

Mit diesem inneren Monolog im Oberstübchen fällt der Startschuss in die entscheidenden Stunden. Auf dem altbekannten Weg zum Tatort schnaufen meine Stimmbänder: „Noch nicht einmal in den Dreißigern und schon könnte mein letzter Arbeitstag gekommen zu sein." Über Nacht kamen mir viele ideenreiche Ansätze für Elliw`s etwaige Rettung. Vielversprechend waren davon nur die wenigsten. Ein wirklich ausgeklügelter Plan liegt nicht im ton- nenschweren Gepäck. Abwarten, bis das Momentum auf unserer Seite steht. Danach muss uns das Glück einfach hold sein. Ich muss Salu irgendwie in die glaubhaft begründete Überzeugung bekommen, Elliw als mein Bezugskind erwählen zu dürfen. Nur so wäre der symbolische Abstand zwischen uns klein genug, um sie wenigstens erst einmal sicher durch den Tagesablauf zu bekommen. Seitens Salu kann dies natürlich nur über die schmeichlerische Schiene in Effektivität münden. „Da ich in den letzten Tagen so viele gewinnbringende erzieherische Maßnahmen von dir lernen konnte, möchte ich sie nun in einer Selbsterfahrung ausprobieren. Nur um einen Bruchteil von dem zu erlangen, was du schon alles erreicht hast.", wird das gelogene Referat einstudiert. Gleichzeitig überkommt mich die blanke Antipathie und ein möglicher Brechschwall.

Während noch die letzten Autos mit ihrem wehenden Antennen davon fahren, verschwinden diese pessimistischen Anlagen glücklicherweise. Je öfter ich nun über die mögliche Kausalkette nachdenke, desto aussichtsreicher erweckt sich der Eindruck. Salu wird ihrer größten Begierde und gleichzeitig fatalsten Schwäche nachkommen. Sie wird sich zu diesem Fehler hinreisen lassen. Sie wird. Mich überkommt tatsächlich so etwas wie Mut. Ein Relikt aus längst vergangenen Tagen. Längst verkommen.

Kurz vor der steinigen Treppe des Eingangs nehme ich mir noch eine paar Sekunden. Hinter der zufallenden Tür versprüht nun das Wagnis seinen Dunst. Keine Umkehr ist mehr möglich. Dieser

Treppenaufzug vor mir führt in eine Einbahnstraße. Meine Erwartungen steigen mit jeder Stufe einen Grad nach oben. Wieder und wieder gehe ich meinen Text durch. Authentizität ist gleich gefragt. Auf alle skeptischen Fragen muss eine plausible Antwort zielen. In Anbetracht des Kopfkinos blendet sich für kurz sogar der üble Gestank, sowie die Geräuschkulisse aus. Norris grüßt aus dem Schneidersitz bei den Fünfern. Wie üblich, tobt alles, was nicht niet und nagelfest daher kommt. Gefühlt unsichtbar wird diese erste Hürde genommen. Mein Herz pumpt das Blut in einem rapiden Takt durch die Adern. In den Ohren höre ich schon das Allegro spielen und der Hals beginnt auszutrocknen. Zum Schlucken fehlt mir die nötige Spucke. Der Warteprozess kann nicht mehr länger aufrecht erhalten werden.

Hinter der faserigen Tür gibt ein markerschütterndes Produkt das Empfangskomitee ab. Alle Kinder befinden sich bereits im Sitzkreis. Es herrscht eine derart extreme Stille, dass man eine Feder auf dem Fußboden fallen lassen könnte und die Erschütterung als ein Erdbeben wahrzunehmen wäre. Ein Unbehagen regnet mir entgegen. Weder ist die Zeit zum Sitzkreis schon gekommen, noch kann dieser Zustand im Vakuum etwas gutes bedeuten.

Die dunkle Vorhut wird durch Salus zynische Visage nur so verstärkt. Jetzt fällt sie mir erst richtig auf. Sie lacht. Aber nicht in ihrer gewöhnlich herablassenden Weise. Dieses mokante Grinsen befindet sich in der genauen Mitte von tosender Wut und gellendem Wahn. Genau dort, wo kein freudiger Gesichtszug jemals existieren sollte.

„Guten Morgen geschätzter Herr Erzieher. Komm, setz dich doch zu uns.", gibt sie mit einer verstörend einladenden Handbewegung zu verstehen. Weil mir die Kinnlade noch bis zur sterilen Sitzmöglichkeit hängt, wird der Anweisung teilnahmslos gefolgt. Ich bin in einer Schockstarre angekommen, womöglich schon in einer Art synaptischen Paralyse. „So ihr treuen Kinder. Dann wollen wir doch einmal durchzählen." Der naive Chor bleibt bei fünfzehn stehen."Jawohl. Korrekt und gut aufgepasst. Die Fünfzehn ist nämlich jetzt die Zahl, die wir uns gleich gut merken können." Mein glasiger Ausdruck wandert von Person zu Person. Nur eine fehlt. Elliw. Eine triftige Gegenwart in der Ohnmacht muss mich abwesend gemacht haben. Dies verdeutlichen die plötzlich zur Faust geballten Hände. Meine Fingerkuppen drücken so stark gegen den Ballen, dass eine anatomische Fraktur kurz bevor stehen muss. Im letzten Augenblick meiner abstrakten Wiederkehr klirrt Salus Satzbau schon sukzessive weiter.

„Heute, meine hochgeschätzten Menschenwesen werden wir über Verrat und Petzen reden." Impulsiv führt sie fort. „Der Unterschied zwischen diesen beiden Sachen ist wirklich ganz klein. Sehr klein sogar, müsst ihr euch vorstellen. Allerdings und das ist noch viel entscheidender, ist die eine Sache gut und die andere schlecht." In dieser endlos langen Minute fühle ich mich nicht wie ein Kind aus der Gruppe, ich bin eines. „Nun sage ich euch, was gemeint ist. Der Verrat hier ist ein ganz böses Ding, das keiner wirklich leiden kann. Wer jemanden hier verrät, zum Beispiel hinter meinem Rücken mit den Erziehern redet, wird ganz schnell bestraft. Ihr wisst, alles geschieht nur zu eurem besten." Eine schöpferische Pause folgt. Die kleine Intervention geschieht aber nur, um sich selbst zu zelebrieren. Jener Vortrag gehört Salu und nur ihr allein. Die wilden Gestiken lassen keinen Platz für Interpretationsspielraum. Schon des Öfteren habe ich sie wirklich erzürnt erlebt, aber noch nie in dieser gipfelnden   Form.

„Das Petzen allerdings, meine Teuersten, ist so wichtig. So, so wichtig. Ich als eure Gruppenleiterin bekomme dann nämlich alle kleinen Aktionen mit, die meine wachsamen Augen erst einmal übersehen. Versteht ihr?" Alle Kinder nicken kollektiv, aber wenig verständnisvoll, als die Theater reife Darbietung ihr vorzeitiges Ende findet. Mit deutlicher Sicherheit haben die Jungen und Mädchen hinter den kryptischen Aussagen kaum etwas Greifbares entdecken können. Ebenso gewiss ist aber, dass ihre lernfähigen Erinnerungen schon allein bei dem Wort „bestrafen" ins Geächtete umschlägt. Fortan steht der Umstand des Hintergehens unter dem angsterfüllten Stern, welcher nun noch fokussierter jede kleinstmögliche Bewegung wahr nimmt. „Sehr schön meine pfiffigen Zöglinge. Weil das heute so gut geklappt hat, dürft ihr jetzt dafür bis zum Mittag draußen im Vorhof spielen. Fantastisch oder?" Eine Aufbruchstimmung findet ihr Erwachen. Einzig meine jämmerliche Gestalt bleibt zurück. Die Wurzeln unter meinen Füßen sind aus einem Material geformt, welches jedes Mahagoniholz in den Schatten stellt. Ich warte noch auf meine ganz persönliche Konsequenz, doch Salu überlässt mich einfach mir selbst. Diese Konstellation ist weitaus schlimmer, als jeder perfekt platzierte Faustschlag in die Weichteile. Eine viertel Stunde lang vegetiere ich nur vor mich hin. Die Kinder, unlängst vor den faden Hochhäusern spielend, schenkten mir keinerlei Beachtung. Sie müssen von Salu auf diese Ignoranz getrimmt worden sein. Mein Charakter und Elliws Reaktionen waren nun der Inbegriff eines Fehlers für sie. Ein Fehler im exzellent manipulierten System, mit einer extra scharfen Note versehen.

Mein gestürztes Wesen wandert ausdruckslos durch den geleerten Raum. Ich spüre nichts und alles zugleich. An dem lebhaften Fleck, an welchem mir Elliw gestern Vormittag noch zublinzelte, versinkt mein visueller Reiz ins Abgrundtiefe. Wie fahrlässig konnte das Verhalten nur gewesen sein. Nicht mehr als eine bäuerliche Figur, auf dem Schachbrett der diktierenden Dame. Nicht mehr bin ich wert und versuche dennoch das Spiel im Alleingang zu gewinnen.

Elliw wird just in diesem Atemzug bei den Einsern unten abgestempelt werden. „Von vorne beginnen" wird diese federführende Maßnahme genannt. Was dem ersten Vernehmen nach nicht schlagartig fatal klingt, kommt bei genauerer Betrachtung einem Fass ohne Boden gleich. Die reglementierten Jungen oder Mädchen müssen sich dem basalem Entwicklungsbereich in allen Belangen anpassen. Von zu tragenden Windeln, über das runterge-schraubte Spielniveau, bis hin zur Fütterung bei den Mahlzeiten. In erster Linie eine präventive Angelegenheit. In letzter Instanz der ultimative Scham in seiner Reinform. Davon erholt sich kein Kind jemals wirklich.

Ich habe versagt. Diese These war mir schon länger allgegenwärtig. Doch nicht nur die Tatsache das es den Kleinen durch mein Dasein nicht besser ergeht, wurde nun auch noch das Wohlergehen eines Schützlings erheblich beeinträchtigt. Durch meine egoistische Utopie von einer besseren, gerechteren Welt, läuft nun der Regen in die bemitleidenswerte Traufe.

„So wird man also einer von ihnen.", kommt als einziger Satz aus dem offenstehenden Mund. Wenn dieser Scherbenhaufen mein Resultat, die Quintessenz von all den geöffneten Emotionen ist, dann wundert es nur wenig, warum immer mehr Erzieher diesen bedingungslosen Weg eingeschlagen haben. Mir ergibt sich gar schon fast, weswegen die sozialen Bezüge zwischen den Menschen kaum noch einen öffentlichen Nährwert tragen können. Jeder Pädagoge sah ganz unverblümt, was geschah wenn echte Nähe einmal zugelassen wurde. Dahingehend wurde sich partiell der leichte Weg ausgewählt. Der sichere Weg. Aus Selbstschutz vor der hauseigenen Studie, aus biografischen Zäsuren oder aus dem schlichten Urinstinkt heraus, jenes zu fürchten, was unwissend verborgen in der Zukunft liegt. Die Humanität lehrte mich einst, dass Gefühle erst dort tatsächlich entstehen, wo Schwächen auch zugelassen werden. Nun trieb mich meine schicksalhaftes Feder an den Punkt, dass Schwächen dort entstehen, wo Gefühle zugelassen werden.

Kapitel 2

Wo unten, oben ist. Wo wenig, gleich viel.

Leicht, das schwer, gemahlene Mühl.

Da wo die Blumen sprießen,von den Sternen herab.

Gedacht der Vergangenheit. Ohne auf und ohne ab.

Entführt als Gefangener, im Rätsel der Nacht.

Umgekehrte Welt, in verdienter Wacht.

„Guten Tag. Bist du endlich wach? Komm schon, raffe dich auf, setze dich gerade hin, damit wir uns endlich unterhalten können." Ein schwarzer Schleier umgibt mich. Mein Kopf liegt auf irgendetwas Harten. Sinnesorgane muss ich einmal besessen haben, zumindest sind sie mir in dieser Position nicht mehr zu vergegenwärtigen.

Dort ist sie wieder. Die unbekannte Stimme eines tiefen Baritons: „Na los. Mach dich endlich gerade. Dann kommt auch dein Kreislauf wieder in den Schwung. Wir haben viel zu besprechen." Jetzt bemerke ich den gepolsterten Stuhl unter meinem Hinterteil. Die Arme hängen wie lasche Lianen an den Seiten herunter und zeigen auf meine gekreuzten Beine. „Nehmt sie ihn endlich ab. Ich will ihn sehen. Er soll mich sehen."

Hinter mir wird das Klacken von Absätzen hörbar. Zwei Personen mit stampfenden Schenkeln müssen auf mich zukommen. Ruckartig wird mein Genick in die Senkrechte gehievt. Ich stöhne vor Schmerzen. Der Hals will fast schon wieder in sich zusammen fallen, als eine übermenschliche Hand an der Stirn landet. Mir wird fiebrig warm. Gleichzeitig beginnen die noch immer nach unten baumelnden Glieder zu kribbeln. Für eine exerzierte Begutachtung bleibt aber keine Zeit, da jetzt die Finsternis vor meinen Augen in hellen Strom umgewandelt wird. Ein Art Binde scheint abgeworfen zu sein. Alles wirkt grell, anstrengend und nicht wirklich sichtbar. Verschwommene Linien werfen sich auf, wie ein weit entfernter Horizont am Meer. Meine geistige Gegenwehr ist um einiges zu behäbig. Keinen noch so schwachen Hilfeschrei könnte das Sprechorgan in dieser Verfassung von sich geben. Einzig ein stotterndes Gebrabbel. „Wo? Wo bin ich?" „Endlich. Die Frage nach der alle Antworten schreien.", triumphiert die Fata Morgana eines Mannes vor mir. „Du mein liebes Kind. Du bist jetzt im Garten." Ein Umschwung erfolgt. Von gefühlten fünf Dioptrien gelangt mein Sehbereich wieder in eine Art Normalform. Doch was sich dort vor mir aufbaut, könnte nicht skurriler wirken. Ein Käfig aus leuchtend weißen Wänden ragt empor. Sie sind so nackt und kahl, dass mir auf der Stelle ein Schüttelfrost in die Poren steigt. An der Decke scheinen mehrere Halogenstofflampen um die blendende Wette. Als mein Haupt zögerlich wieder das Zentrum des Geschehens fixiert, reißen sich die Lider vollständig auf. „Wer sind Sie?", bringe ich hervor. Ein Zittern steckt im Wortlaut. Panik wird jetzt dingfest. Die Zähne beginnen im Akkord aufeinander zu schlagen. Weder erschließt sich mir der Ort, noch der Grund meines Aufenthaltes.

„Dazu kommen wir später.", verspricht mein nun erkennbarer Gegenpart. Ich erspähe ihn. Ich mustere ihn von oben nach unten und wieder zurück. Ein junger Mann, schätzungsweise um die dreißig Jahre, lehnt an den Stahltisch, welcher soeben noch das Kopfkissen abgab. Er trägt legere Kleidung. Eine schwarze Jeans wird vom grauen Pullover komplettiert. Überraschenderweise fehlt das Schuh- oder Sockenwerk an seinen Füßen. Mir fällt nicht wirklich schwer, keinen Gedanken daran zu verschwenden, da die schauderhafte Tatsache der kompletten Ahnungslosigkeit überwiegt. Schauderhaft und beängstigend.

„Also wollen wir nun beginnen." Der schleierhafte Herr läuft beschwingt, aber entschlossen um den Tisch. Er macht direkt an meiner linken Schulter halt und berührt diese mit einem sanftem Druck. Ich sollte erschrecken oder gar einen Vorgang der Wehrhaftigkeit einläuten, doch es fehlt an jeder Reaktion. Zu steif befindet sich der gesamte Rumpf in einer erfrorenen Haltung.

„Ich möchte dir nun erklären, wo du bist. Wo du genau bist. Doch vorher, beantworte mir doch bitte ein paar winzig kleine Fragen. Bitte." Die weißen Raufasern des mysteriösen Verlieses kommen immer näher. Deutlich wird bemerkbar, wie meine Atemzüge signifikant in engeren Abständen vorhergehen.

„Kommen wir zur ersten Frage, mein Kind. Wie lautet dein vollständiger Name?" „Mein Name? Was soll das? Gar nichts gebe ich hier Preis." Ich weiß nicht, warum überhaupt eine Antwort folgt. Das Begehren nach Erklärungen ist wohl zu groß geworden. „Na schön mein Kind. Dann breche ich einmal das dünne Eis für uns beide. Ab sofort, hier drinnen und für all deine Zeit bei uns, heißt du Junge. Junge 93."

Mein Verstand befindet sich im mentalen Rodeo. Während die unbekannte Schlüsselfigur zwei lange Schritte von mir weg vollzieht, versucht sich mein Körper nach oben zu setzen. Wie von selbst beugen sich die Knie an und gerade als sie in die volle Streckung arbeiten wollen, finde ich mich auf dem klirrenden Fußboden wieder. Mit einem Schrei voller Inbrunst drehe ich mich auf den Rücken. Über mir türmen zwei schwarze Gestalten auf. Sie schauen auf mich herab. Wie dunkle Gewitterwolken in einer lauwarmen Sommernacht verziehen sich die beiden maskierten Köpfe. „Setz dich wieder hoch. Ich möchte gern fortfahren." Vorerst ignoriere ich die Ansage. Nach einer nicht all zu langen Dauer formieren sich erneut die unheilvollen Monde über meinem schwammigen Kosmos. Schweißtreibende Furcht entert den Reizzustand. Zweitrangig aufgrund der undefinierbaren Gestalten und hauptsächlich wegen der stechenden Akupunktur am rechten Trizeps.

Äußerst behäbig ziehe ich mich am Stuhl nach oben. Wie ein nasser Sack klatscht mein Leib auf den unbestimmten Thron. „Na schön. Dann wären wir ja alle wieder soweit. Frage Nummer Zwei. Wie deklinierst du deine Berufsbezeichnung der letzten zwanzig Jahre?" „Ich war und bin Erzieher. Doch warum ist das wichtig? Was hat das alles hier zu...?" „Du mein Kind bist nicht in der Position, um Fragen zu stellen. Finde dich besser gleich damit ab. Aber ja, korrekt. Du warst ein sogenannter Erzieher, eine pädagogische Institution, eine soziale Präambel wenn man so möchte."

Die mattschwarzen Haare des Mannes glänzen in der strahlenden Beleuchtung. Er lehnt nun wieder am Tisch und visiert, während der Fortsetzung, meine Augäpfel an. „Bevor du nun erfahren sollst, wo exakt du dich befindest, eine aller letzte Frage noch. In der Tat ist sie einer der bedeutungsvollsten Fragen hier. Ein exorbitant wichtiger Leitfaden für uns alle. Wie alt bist du Junge 93?"

Ich beginne mich verschaukelt zu fühlen. In einer Art Low-Budget-Film festzustecken. Einer gewöhnlichen Entführung, insofern man das als Otto Normalverbraucher überhaupt beurteilen kann, kommt diese Szenerie kaum nach. „Ich bin dreiund-vierzig Jahre alt!", brülle ich laut und trotzig in die beengte Kabine. Direkt im Anschluss zerspringt mir fast der Kehlkopf vor lauter trockenem Husten. „Und genau das mein Kind ist so richtig, aber auch genau so falsch. Hier bei uns im Garten wird sich der Zahl des Alters entledigt. Ab sofort bist du weder vier, noch vierzehn. Du bist nicht acht oder achtund-zwanzig. Keine fünf oder sechs steht bei der vor der Null. Nein. Fortan zählt nichts mehr von alle dem. Einzig und allein verlangt die Tatsache, dass hier im Garten du das Kind bist und ich der Erzieher."
Im Verhörraum tritt bedächtige Lautlosigkeit ein. Dieser Schlag, dieser Satz hat gesessen und ich kenne nicht einmal den ausgereiften Grund dafür. Fragezeichen durchfliegen mein Sichtfeld wie das Testbild eines alten Röhrenfernsehers. Sie flackern hier und dort bunt auf, wobei der physiologische Schwindel bedingt für Verzerrungen sorgt.

„Was soll das bedeuten? Ich ein Kind und Sie ein Erzieher. Wie kann das sein?" Ich bekomme zunächst keinerlei Antwort. Anscheinend soll mir die lückenlose Erkenntnis dieser Offenbarung von selbst in den Nexus fallen. Doch anstatt einer klärenden Erleuchtung durchdringt nur die beklemmende Enge meinen Denkprozess. „Nun. Die Fragen die du dir jetzt stellst, fallen in die lehrende und lernende Kategorie. Sie sind ein dominierender Teil deiner Chronologie hier bei uns. Du wirst schon ganz bald erfahren, welche Bedeutung meine Worte mit sich ziehen. Wir sind hier vorerst fertig. Bringt ihn auf sein Zimmer."

Ohne das auch nur der Bruchteil einer Sekunde vergeht, packen die zwei diskreten Kolosse unter meine Achseln und heben mich nach oben. Unter mir fliegt der Stuhl krachend um. Noch in der Luft hängend ringe ich nach Geräuschen, nach Hilfeschreien. Doch im geschulten Griff der beiden Wärter fällt jegliches aus. Im Stile eines leichten Federgewichtes werde ich umgedreht und nach hinten zur Glastür chauffiert. Ein schmerzhaftes Druckgefühl an den Schultern kündigt sich an. Hilflos schlackern die Beine im nicht vorhandenen Wind. Der Bodyguard zu meiner linken touchiert schon die goldene Klinke mit seiner Hand, als noch eine letzte Anekdote die vorherrschende Ordnung untermauert. „Und eins noch, Junge 93. Womöglich hat niemand von uns hier drinnen diese Zäsur wirklich ausgelöst. Aber auch niemand hat sie verhindert."

Hinter dem zuschlagenden Vorhang bricht sich ein langer Flur auf. Keine echter Abschluss ist in Reichweite. Ein roter Teppich an meinem Fußende passt wahrlich nicht zu der besonders tristen Wandverkleidung. Der dunkelgraue Farbton weckt die Erinnerung an unverputzte Betonpalisaden. Einzig die bereits bekannten Glastüren, im fünf Meter Abstand kommend, unterbrechen diese lieblose Inneneinrichtung.

Mittels eines menschlichen Gepäckträgers werde ich abtransportiert. Meine vagen Eindrücke schwimmen von Eingang zu Eingang. Hinter jeder transparenten Abgrenzung vermute ich, die Schatten der involvierten Menschen zu erkennen. Ich skizziere sie stets in ein und derselben Konstellation. Der aufrechte Bändiger, sowie das am Stuhl gefesselte Leidwesen. Im Zuge des derzeitig trügerischen Urteilsvermögens könnte aber auch eine offensichtliche Einbildung vorliegen.

Die Schultern beginnen nun vorsichtig zu hämmern. Mit jedem Schritt und tiefer greifenden Abdruck der Riesen steigt dieses dumpfe Indiz. Wir machen Halt. Ich muss die letzten Öffnungen verpasst haben, da jetzt nur noch zwei große Stahlplatten von vorne grüßen. Mit einem beeindruckenden Automatismus schieben sich die Gegenstücke leise auseinander.

Ein mächtiger Fahrstuhl weist uns den Weg nach oben. In dem verspiegelten Lift hätten mindestens zehn von den Leibwächtern Platz. Wahrscheinlich soll dies genau so sein. Während es uns in die nächste Etage katapultiert, macht sich erneut das Silentium breit. Nicht einmal die Atmung meiner beiden Nebenmänner kann nachgewiesen werden. Weder mechanische Abläufe, noch ein technisches Programm wird hörbar. Ein drückendes Gefühl in meiner Magengegend kommt zum Vorschein, vergleichbar mit einer Achterbahnfahrt auf der völlig überfüllten Rummelveranstaltung. Mit dem feinem, aber ebenso präzisen Unterschied das dieser Schleudersitz eindeutig nicht von der Unterhaltungs-industrie ins Leben gerufen wurde. Mit einem ganz hohem Klang erreichen wir wohl unseren Zielort, denn das Portal schiebt erneut geschmeidig beide Sektionen auseinander. Sofort greifen die Zwänge wieder tiefer in mein Fleisch. Der jetzige Stock unterscheidet sich in nur einem Detail von dem unteren. Alleinig die Türen sind hier aus vergilbten Ahornholz. Vereinzelte Schriftzüge sind an ihnen zu erkennen, wobei ich kaum einen davon ehrlich entziffern kann. „Mädchen" und „Junge" sind die Begriffe, welche real hängen bleiben. Vor der zweiten Öffnung auf der rechten Seite endet buchstäblich unser Weg. Ich muss kein zweites Mal die müden Seher anstrengen, um die ganz persönliche Einladung zu erhalten. „Junge 93. Junge 94." steht am imaginären Klingelschild der absoluten Verwirrung.

Völlig unvorbereitet zerschellt mein physisches Gerüst auf dem harten Teppichuntergrund. Der Begleitschutz hat mich im wahrsten Sinne am Austragungsort abgeworfen. Ein einziger Punkt für den Ursprung der heftigen Blessuren lässt sich so liegend nicht lokalisieren, da an allen Ecken und Enden etwas zu zucken scheint. Noch in der Waagerechten beäuge ich die sich öffnende Tür. Im Handumdrehen schleift sich mein Körper unter gütiger Mithilfe in die offenbarte Nische. Ich lande überraschend weich auf einer fusseligen Unterlage. „Bis morgen früh.", wird mir aus dem Hintergrund zugesagt und hinterlässt einen knallenden Effekt, welcher nur nahe so laut ist, wie der zuschlagende Vorhang.

Ich bleibe noch eine bedenklich lange Weile in der Embryostellung zusammen gekauert. Fast schon gemütlich wirkt der Grund unter meinem Becken. „Was ist hier eigentlich gerade alles geschehen?", gelangt zurück in meine Welt. Die viel zu schnelle Abfolge an Ereignissen ließ mich bis dato kaum an dieser vorgetragenen Wahrheit hier zweifeln. Alles geschieht so perfekt inszeniert. Jeder Schritt bis genau hier hin, war so detailliert geplant, dass die neue Realität erschreckend glaubwürdig ins Gewicht fällt. Selbst im Resümee sämtlicher unverständlicher Sätze des dubiosen Mannes kommt ein wenig Plausibilität in mein Gefühlschaos. Wahrscheinlich bin ich zurecht hier. Hier im Garten, wo auch immer sich diese Oase der Psychologie befinden   soll. Der permanent gestiegene Adrenalinspiegel muss wohl dafür gesorgt haben, dass ich diese Denkansätze so innig an mich heranlassen konnte. Denn jetzt herrscht wieder die ausgiebige Panik. Dies steht in engem Zusammenhang mit dem mir dargebotenem Zimmer. Ich setze mich auf. Ich muss mich aufsetzen, um wahrhaftig zu glauben, welches Trugbild sich nun aufbaut. An den hellroten Tapetenwänden gesellt sich ein Schrank an den nächsten. Die cremefarbenen Holzbauten sind der Platz für ein Sammelsurium an Spielsachen, wie man sie sonst nur in amerikanischen Einkaufshallen wahrnimmt. Ein bunter Haufen an Puppen, Steckbausteinen, Märchenbüchern und weiteren undefinierbaren Kleinkram. Aus allen Nähten platzend, zeigen sich auch die im Hintergrund stehenden Betten. Jeweils rechts und links in der Ecke stellen sich die eisernen Gestelle auf. In erster Linie bilden sie die Ladefläche einer überdimensional großen Kuscheltieranzahl. Besonders ragen die braunen Teddybären heraus, welche die Maße eines Breitbandfernsehers aufweisen. „Apropos Fernseher.", entlädt sich mein erstes Entsetzen. Exakt zwischen den beiden Schlafgelegenheiten zementiert sich ein

Bildschirm, welcher eher den Namen Leinwand verdient hätte. Ein dünner schwarzer Rahmen umfährt den protzigen Monitor in glänzender Manier. Die Lider brennen lichterloh vor lauter Reizüberflutung.

Sprachlos fühle ich mich zurückgelassen. Ein Kinderzimmer, wie es zeitgetreuer nicht sein könnte, bildet mein gezwungenes Hotel. „Doch für was das Ganze? Welche Art von Gefängnis soll das hier bitte sein? Und für welches Vergehen hat man mich, wie auch immer, aus meinem zu Hause hier her manövriert?"

Als mich die aussichtslosen Konflikte immer erschöpfter machen, nehme ich notgedrungen das linke Bett in Angriff. Mit der letzten verbliebenen Kraft wische ich den Berg aus Plüsch nach unten. Dabei klingt und quietscht es in den verschiedensten Tiergeräuschen. Vorsichtig fällt mein gesamtes Fragment in die daunenweiche Liege. Ohne jegliches Zeit- oder Raumgefühl versinke ich immer tiefer in die Furchen der Unkenntnis. So verständlich mir vorhin noch alles in den verblendeten Sinn geraten schien, so abstrakt wirkt nun wieder jeder Kontext. Welch diffuses Projekt auch immer hier vom Stapel gelassen wird, einen Menschen der individuellen Freiheit zu berauben, darf nicht rechtens sein. „Irgendjemand wird nach mir suchen, wird nach den anderen Insassen suchen, falls die weiteren Türen dies vorhersagen.

Es wird auffallen, wenn ein so großer Anteil an Leuten verschwindet. Sie werden sich fragen,... ."

Plötzlich beendet ein wehleidiger Krampf die anfängliche Reflexion. Niemand wird mich suchen kommen. Niemand wird jemals auch nur in die Versuchung gelangen, einen Deut des Vermissen an zu stellen. Auf der Arbeit wird man einfach neue skrupellose Peiniger einsetzen, welche unlängst mit den Hufen scharen. Sie werden denken, wir wären weggelaufen oder hätten uns gar ins Exil verabschiedet. Uns als eigensinnige Person macht schon lange nur noch eine Zahl aus. Eine Zahl unter Hunderten, unter Millionen. Die Menschen sind in den letzten fünfzehn Jahren nichts als abgestumpfte Marionetten geworden.

Tief in der Nacht wache ich schweißgebadet auf. Ich denke zumindest, es ist Nacht. Während meine Beine aufgrund des kokettierten Magnesiumman-gels blockieren, fällt mir ein rotes Blinken an der hinteren Deckenleiste auf. Der ziehende Schmerz in den Muskelbündeln übertüncht dieses merkwürdige Flackern aber erstaunlich flink. Was er aber kein Stück aus dem intellektuellen Rampenlicht rücken kann, birgt die Dunkelheit an sich. Nahe des Ein-schlafprozesses brannte das gedimmte Licht noch in all seiner Stärke. Jemand muss im Raum gewesen sein. Und nicht nur das. Er muss genaustens mit dem Zeitpunkt meines Wegtretens vertraut gewesen sein, denn so etwas wie Fenster oder verwanzte Spiegel liegen hier nur schwerlich im Bereich des Möglichen.

Ich fühle mich nackt. Ich spüre große unsichtbare Wachleuchten über meinem Sphären kreisen. Kurz bevor alles wieder in grenzenlosen Horror auszuufern droht, fallen Anstrengungen wieder der Müdigkeit zum Opfer. Zu groß, zu unbegreiflich sind die Eventualitäten, welche mich noch immer wie ausgewürgt hinter sich lassen. „Welch Wahnsinn wird hier getrieben? Womit habe ich diese Tortur verdient? Ich war doch stets einer der Guten. Ich habe mir Nächstenliebe, Verantwortung und Empathie stets auf die Agenda geschrieben. Immer wieder versprach ich diesen einen Satz. Man ist so zu den Menschen, wie man möchte, dass sie auch zu einem selbst sind. Anscheinend wiegt nicht einmal der Versuch, im Vergleich zum endgültigen Versagen, etwas."

Ein tosender Donnerschlag peitscht mich in die wache Existenz zurück. „Aufstehen! Los jetzt! Und das hier anziehen!", schreit ein vermummter Mann mit rauchiger Tonlage in den Raum. Er wirft dabei einen zusammengerollten Haufen weißer Sachen in meine Richtung. „Du hast fünf Minuten Junge 93. Nicht eine mehr."

Zunächst fahre ich die Umgebung ab. Alles sieht verschwommen, da ich vor Sekunden noch in der

Tiefschlafphase unterwegs gewesen bin. Das Blinzeln fällt so schwer, dass die Lider kurzerhand wieder zufallen. Dann wird erneut das Ochsen gleiche Schniefen des schwarz uniformierten Drill Sergeant hörbar. Mit aller Kraft, aber auch mit sämtlichen Strapazen im Nacken setze ich meinen Oberkörper auf. Der letzte Strohhalm, nur in einem abscheulichen Albtraum umher zu wandeln, wird maßgeblich ad Acta gelegt. Aus der feinsten Farbpalette heraus, leuchtet das Kinderzimmer noch wie zu Beginn. Vor lauter Schwindel rotiert die Herde an bunten Objekten vor mir her. Parallel dazu beginnt sich mein Magen mit in diese Kreisbewegung zu fügen. Kurz vor dem Erbrechen erinnert mich der konsequente Service an die geknüpfte Erwartung. „Du hast noch zwei Minuten. Keine mehr."

Ich weiß nicht wirklich was passiert, wenn der unbeugsamen Bitte nicht nachgekommen wird. Ich will es aber auch gar nicht wissen. Über die Kuscheltiere tretend findet mein Weg zum mir befohlenen Morgenmantel. Gerade noch so scheine ich, das Umziehen im Rahmen der Zeit geschafft zu haben, denn alles was folglich dargestellt wird, ist das nüchterne Nicken des Gegenübers. Nachdem dieser mit einer strammen Geste nach außen winkt, folge ich blindlings. Blindlings und voller Lethargie.

Beim Verlassen der Unterkunft fällt mir ein Spiegel an der Vorderfront eines Schrankes auf. Eine helle Gestalt wirft sich aus dem Glas und gibt ein beängstigend sauberes Bild ab. Ich trage weiße Slipper, weiße Socken, eine weiße Jogginghose, sowie ein weißes Shirt. Kein einziger Makel blitzt von den frisch gebügelten Umhängen ab. Doch anstatt mich sauber und reinlich zu fühlen, widerfährt ein unbeschreibliches Gefühl die Wahrnehmung. Ein Gefühl der ironischen Ordnung. In dieser Unberührtheit liegt eine schwebende Warnung, welche sich nur noch nicht auszusprechen droht. „Was passiert hier mit mir?", lese ich an den Mundbewegungen meines Porträts ab. Ehe wirklich in eine angestellte Überlegung verfallen zu können, reißt mich der kräftige Arm von hinten heraus in den Flur.

Von morgendlicher Friedfertigkeit fehlt ab nun an jede merkliche Spur. Auf dem weitläufigen Gang herrscht ein wahres Tohuwabohu. Überall befinden sich weißgekleidete Menschen im Clinch mit ihren weitaus überlegenen Personenschützern. An vereinzelten Schauplätzen finden Handgreiflichkeiten statt, welche aber rasch durch gezielte Stiche abgeklungen werden. Es müssen die selben punktuellen Nadeln sein, wie sie mir im Verhörraum angesteckt worden. Noch immer kann ich sie nicht genau identifizieren.

Gegenüber meiner Zimmertür diskutiert eine ältere Frau rege mit dem wenig kommunizierenden Giganten. „Ihr könnt mich hier nicht einfach so festhalten! Das ist ein Verbrechen, eine Beraubung! Hier liegt kein ein Delikt vor! Ich habe nichts entscheidendes verbrochen!" Sie krakelt in einer Lautstärke, dass man ihre Halsschlagader mit einem Gartenschlauch verwechseln könnte. Nach einer berechnend kurzen Weile legt sich dann aber der wehende Sturm von Protest. Die aufgebrachte Meute beginnt zu verstehen, dass sie nicht einmal im Entferntesten die Chance zur Rebellion besitzt. Nicht physisch. Nicht psychisch. „Mitkommen.", werde ich abermals knackig angewiesen. Im Millimeter Abstand zum Vorläufer schlürfen meine tauben Zehen wieder nach links zum Fahrstuhl. Wir harren noch mehrere Minuten in der monströsen Glaskuppel aus, bis alle Quadratmeter restlos mit bibbernden Gestalten gepflastert sind. Während die versammelte Mannschaft nach unten gefahren wird, wackeln meine Knochen bis ins Mark. Ich bin eindeutig unterzuckert. Was sich aber noch viel erheblicher in die Kerbe einbrennt, ist der immer stärker werdende Hunger und Durst. Stunden sind vergangen, seit dem die letzte Mahlzeit auf dem Teller lag. Meine Kehle gleicht derweil der ausgetrockneten Sahara und kratzt bei jedem Schluckversuch in höherem Ausmaße. Auch das Zwinkern gelangt zu einer schwerfälligen Arbeit, da sämtliche Tränenflüssigkeit vom aktuellen Wahnsinn aufgesogen sein muss.

Als der Aufzug endlich unten ankommt, weht ein kühler Luftzug von außen herein. „Alle folgen. In Reih und Glied.", gibt der erste Leutnant vor und weißt uns die Marschroute in einen tristen Komplex. Ein rundlicher Vorraum mit einer kalkigen Steinsäule in der Mitte stellt die unterste Etage dar. Diesen Schluss folgere ich einer geteilten Ausgangstür rechts von unserer Gruppe. Bewacht von einer Hand voll Kolossen erklimmt etwas Tageslicht die versilberten Öffnungen. Dahinter versteckt sich ein kleines Grün, welches durch den offen gelassenen Spalt in Erscheinung tritt.

Ringsherum befinden sich nun weitere Eingänge in den wenig versprechenden Mauern. Mein Personenzug steuert gleich den Ersten neben dem Freiluftausgang an. Eine sperrige Holzbank, mit gleichgroßen Unterfächern, deutet uns die Endstation. „Schuhe ausziehen und reingehen." Ein letzter Befehl des lieblosen Reiseplaners. Ich ziehe meine Slipper noch am Standpunkt aus und überschreite die Schwelle. Stereotyp. Alles wirkt so furchtbar stereotypisch in den abermals weißen Wänden des Zimmers. Fast schon in die kategorische Gewohnheit fällt dieser abgestandene Umschweif. Am gegenüberliegenden Ende ragt eine Tür aus der Verankerung. Eine Tür welche zu früheren Dekaden als Burgtor gedient haben muss. Sie ist mindestens drei Meter hoch. Als ich rein intuitiv danach die Decke abfahre, hält mein erstaunter Rundgang erneut am braunen Brett fest. Die Klinke, welche mir in erster Instanz völlig entgangen war, hängt in einer nicht zu greifenden Höhenlage. Knapp unter den obigen Balken könnte keine gewöhnliche Menschenhand diesen Mechanismus betätigen. Ich setze mich auf den eisigen Boden. Nicht etwa weil es mein bedingter Wunsch nach Ruhepause so hergibt, sondern weil der Geleitschutz in unseren Rücken vehemente Andeutungen verabschiedet. Neben den fehlenden Grundbedürfnissen erfährt mich nun noch die Komponente des Unwohlseins. Die empor kletternde Kälte bahnt sich den direkten Weg in Niere und Becken. Auch meine Gefährten realisieren allmählich die ungeeignete Raststelle. Mit den Armen verschränkt, sowie tief in sich gekauert, sitzt die schreiende Nachbarsfrau zwei Plätze weiter. Ihre faltigen Armbeugen zittern im vibrierenden Takt. Sie sieht wahrlich erschöpft aus. „Einen schönen guten Morgen Kinder." Perplexe Ruhe tritt in die Halle der Pein. Ein schleifendes Dröhnen öffnet die turmhohe Tür nach innen her auf. Auf leisen Pfoten schwingt der Mann meiner ersten Begegnung auf uns zu. Gänzlich anders als beim gestrigen Aufeinandertreffen, wirkt er diesmal bedrohlich. Er wirkt beängstigend bereit. Besonders die grünliche Bekleidung, welche mit einem Krankenhauskittel zu vergleichen ist, erweckt einen unheimlichen Eindruck. Vor voller Tatendrang nur so strotzend, schaut er von oben herab zu seiner sitzenden Schar. Entschlossen zeigt sich sein Habitus, zu einer Sache, die sich uns allen noch nicht weiß sagt.

„Ich freue mich. Ich freue mich, euch alle hier so wohlerhalten zu sehen. Ich bin mir sicher, euch brennen unendlich viele Fragen auf den spröden Zungen, also lasst mich eines sagen. Nun ist die Zeit gekommen, um die ersten Schritte zu gehen. Ihr mit mir und ich mit euch." Ich hänge an den Lippen des mutmaßlichen Strippenziehers dieser Organisation. All seine wortgewandten Ausdrücke, all sein Auftreten verlangt von mir, aufmerksam zu zuhören.

„Ihr alle hier, sitzt aus einem bestimmten Grund in dieser Art von Gruppierung. Erinnert euch zurück. Erinnert euch an meine kleine Einführungsrunde. Ich stellte euch die Frage, welchem Beruf ihr nachzugehen geglaubt habt. Jede einzelne Person in diesem Raum legte mir die gleiche Lautung auf das Tableau."

Damit höre ich, dass erste Zahnrad in das Darauffolgende klicken. Diese ganze zweideutige Wortfaselei von Junge, Erzieher und gefälschten Altersangaben gerät nun erstmalig in einen schwachen Leitfaden. Völlig gleich, welche abstruse Machenschaft hier vor sich geht, ich und meine

Nebenleute sind Pädagogen. Wir scheinen es gewesen zu sein, denn fortan sollen wir die leibhaftigen Kinder mimen.

„Schön. Schön. Da ihr euch jetzt alle ein bisschen näher kennen gelernt habt, bin ich an der Reihe. Es heißt ja immer so fabelhaft. So wie du mir, so ich dir." Der kurz beiseite geschobene Frost kehrt nun in die Tiefen meiner Knochenhöhlen zurück. „Meinen Namen, meinen echten Namen werdet ihr hier drinnen nie erfahren. Das müsst ihr auch gar nicht, denn genau so wie ihr eure nummerierten Kürzel tragt, werde ich es auch tun. Ein feines Entgegenkommen, ich weiß. Fortan werdet ihr mich, wenn überhaupt, nur mit Herr Norm ansprechen."

Schaurig gibt sich das Grinsen des Mannes beim Aussprechen dieser Tatsache ab. Seine aufrechte Haltung uns gegenüber verwandelt sich jetzt in einen schonungslosen Akt der Kundgebung. „Da ihr nun wisst, wie ich, im Fall der Fälle, anzusprechen bin, möchte ich euch noch die netten Kollegen hinter euch vorstellen. Damit meine ich nicht unsere maskierte Einheit, welche euch binnen von Sekunden durch feine Nadeln an den Schmerzpunkten zur Vernunft bringen kann. Nein. Weiter oben liegt eines unserer wesentlichsten Elemente."

Im synchronen Überfall dreht sich jeder Kopf des Raumes um die eigene Achse. Über der scharf positionierten Zwei-Mann-Armee hängt eine kugelrunde Vorrichtung, welche kaum einer näheren Erklärung mehr bedarf. Erst recht nicht, als ein kleiner roter Punkt in geschickten Intervallen aufzuleuchten droht. „Das Leuchten der letzten Nacht", fällt mir nahezu poetisch in die synaptische Verbindung.

Wir werden gefilmt, aufgenommen oder gar live übertragen. Keiner dieser drei skurrilen Entwürfe schüchtert mich dabei im geringsten so ein, wie das verhüllte Motiv dahinter. In Ansätzen verwirklicht sich mir sogar eher noch eine paradoxe Medaille. „Sie entführen uns. Sie sperren uns ein, unter den absonderlichsten Bedingungen und nehmen nun noch Bandmaterial auf, welches sie mit glaubhafter Sicherheit später selbst verraten könnte."

Während ich gänzlich naiv an die Decke starre, bemerken meine Lauscher die leisen Schritten unseres Exponenten. Der schmal gebaute Herr dreht einsam seine schöpferischen Runden und nickt dabei zufrieden vor sich hin. Er scheint zu wissen, dass sich unsere Gedankenkreise im absoluten Nirgendwo befinden. Eine dichte Hülle der Genugtuung zieht seinen grünen Umhang in eine beachtliche Länge. Schon nahe königlich wirkt der fortsetzende Auftritt, wobei wir das gewöhnliche Fußvolk abgeben.

„Wie ich sehe, fällt dem einen oder anderen der Zusammenhang noch recht schwer. Ihr gebt tatsächlich die blauäugigen Schildbürger wieder. Da wir heute noch überaus viel vorhaben, beende ich nun aber sämtliche Spekulationen oder Interpretationsspielräume. Ich räume auf, mit allen umrankten Mythen, die sich nach eurer Ankunft hier im Garten aufgestellt haben. Denn eines sollte schnellstens klar sein. Ihr seid verdientermaßen hier."

Kurz darauf beginnt ein vorsichtiges Raunen zu entstehen. Der Unmut unserer überforderten Gruppe trifft einen neuen Siedepunkt. Das wir alle aus einem ergründeten Kasus hier unterdrückt werden sollen, fällt meinen Mitstreitern schwer gegen den Strich. „Das ist doch Wahnsinn!", ruft die scheinbar wieder erstarkte Frau rechts von mir. „Ihr könnt doch nicht einfach machen, was ihr wollt! Ihr seid doch alle verrückt! Was glaubt ihr, wer ihr seid?"

Ohne eine echte Vorwarnung schreitet der Mann in Grün auf die entrüstete Dame zu. Ich sehe schon die ersten Schläge vor meinem geistigen Auge fallen. Ich sehe das arme Lamm zu Boden gehen, um danach nie wieder aufzustehen. Doch nicht die fliegende Faust im Gesicht folgt, sondern der behutsame Arm auf der hängenden Schulter. „Und das mein Kind ist jene wahre Frage, die es noch zu klären gilt."

Vor lauter Ehrfurcht legt sich der Tüll des Schweigens über die aufgebrachte Horde. Niemand spricht mehr. Alle stieren den Pol unserer Mitte an. Er gibt sich nun auffällig ruhig. „Ich und all meine normal gekleideten Vertrauten hier sind ausgebildete Fachkräfte. Wir sind Therapeuten, Entwicklungshelfer, Logopäden, Assistenten, Psychologen. Aber ganz besonders sind wir eines. Wir sind human, mit gänzlichen Ecken und Kanten, mit Fehlern und Emotionen. Uns liegt etwas am Wohle der Menschheit, an Empfindungen, an Solidarität. Wir legen Wert auf all diese Dinge, die ihr in den letzten vierzig, vielleicht fünfzig Jahren mit euren Füßen getreten habt. Ihr habt diesen Stein ins unaufhaltsame Rollen gebracht. Mit euren unmenschlichen Methoden, mit euren verlorenen pädagogischen Mehrwerten. Ihr habt uns die Generation genommen, die unser aller Zukunft bedeuten sollte. Durch eure unverhältnismäßigen Erziehungsansätze von Schmerz und Furcht belangt ihr unsere Welt. Denn die Kleinsten in unserem sozialen Gefüge werden stets die leuchtende Fackel hochheben, die sie von euch in die Hand gedrückt bekommen hat. Ihr Weg wird immer euer Pflaster sein."

Der Vorhang ist gefallen. Er ist unwiderruflich gesunken. Über die sämtlichen Jahre hinweg hatte ich gewusst, dass ein solcher Blitz auf uns alle einmal zukommen würde. Ich hatte es innerlich angefleht. Das die ganze Bandbreite von Erziehern in ihrem pädagogischen Auftrag scheiterte, war bereits publik. Dieser irreversible Schaden konnte längst nicht mehr rückgängig gemacht werden. Da sich die Gesellschaft aber peu a peu mit dem produzierten Standard begnügte, machte dieser Ruin kaum noch einen Unterschied. Der Mensch als solches war ein Wesen, welches neben anderen Wesen existierte und nur existierte. Durch den Kindergarten, als erste wirkliche Lehrstätte, siebte dann graduell eine verfehlte Generation nach der anderen hindurch. Die Kindeskinder und selbst noch deren Nachkommen erfuhren einzig den Weg der Emotionslosigkeit. Solch ein unüberbrückbares Uhrenwerk war schlichtweg nicht mehr aufzuhalten. Immer immenser gestalteten sich die Aufgaben um Erziehung oder sozialer Empathie. Wäre der Mensch nicht wie er ist, hätte wohl eine geringfügige Gruppe von Leuten noch ein Stoppschild in den verregneten Himmel reißen können. Doch genau dann, wenn unserer Natur eine Hürde zu entgleiten droht, die übergroße Angst vor dem Versagen reell bevorsteht, reagieren wir doch immer mit einem Bündnis aus Antagonismus und unverarbeiteter Wut, deren unerlässliche Folge nur eines beinhaltet. Der soziale Faktor zerspringt in seine Einzelstücke und verliert dabei die Hälfte seiner Teile.

„So müsst ihr nun alle verstehen, dass unser kleiner im Exil lebender Pulk, die finale Chance auf ein Wunder ist. Die Kamera hier und in jedem noch so unbedeutenden Zimmer dieser Einrichtung ist rund im die Uhr scharf geschaltet. Alles was jetzt gleich folgt und hier drinnen mit euch passiert, wird archiviert, um es der Nachwelt vor zu halten. Wenn wir nur ein oder zwei noch nicht geschundene Menschen mit diesem Material erreichen, haben wir einen Erfolg erzielt. Wer tatsächlich noch glaubt, dass hier ein Rachefeldzug ins Leben gerufen wurde, frevelt aus allen Seiten. Wir wollen mit euch und unseren getroffenen Maßnahmen ein Exempel statuieren, um jene aus den sicher geglaubten Versenkungen zu jagen, die uns selbst damals den Atem raubten. Richtig. Ich war ebenso vor vielen Jahren ein Kind in einer solchen untragbaren Einrichtung. Habe die unwürdigen Klauen tief im eigenen Fleisch gespürt. All die verantwortungslosen Dinge brandmarkten mich. Sie geschahen. Sie geschahen alle aus einem Grund. Und jetzt folgt mir bitte. Wir müssen beginnen."

Kapitel 3

Wir erzählen so viel, aber sagen dabei so wenig.

„Wie eine Welle. Zerfällt dann, wenn sie am höchsten ist." Beinahe zehn Minuten sitzen wir jetzt schon hier und dozieren den Spruch in unserem neu konstituierten Morgenkreis. Ein sich fortwährender und wiederholender Kreis. Wort für Wort. Bis jedes Kind im Raum die Luft aus den Lungen pustet. Es werden wohl noch weitere Zeiger Umdrehungen stattfinden müssen, da sich die Hälfte des Schlags nach wie vor weigert, mitzusprechen. Auch wenn mir das Zitat als solches noch nicht wirklich verständlich daherkommt, fiel die

Imitation nur bedingt schwer. Ich habe viel eher recht schnell begriffen, wie der rechthaberische Lehm fortan geschichtet wird. Darüber hinaus sticht der maßlose Hunger weiterhin ein tiefes Loch in die Magengrube. Ein sinnbildliches Aufbäumen liegt unter diesen Umständen schon längst nicht mehr in greifbarer Nähe.

Den allerletzten Rest meiner körperlichen Verfassung schoss unser neues Gruppenzimmer, hinter der meterhohen Tür, in den Wind. Ein absolutes Kontrastprogramm schlug unserem Korps aus zehn entschärften Leuten entgegen. Tische und Stühle in der Mitte gaben dabei noch den gewöhnlichsten aller Anblicke ab. Dagegen stellten sich die brachialen Schränke, Regale und Fensterbretter. Sie befinden sich in schwindelerregenden Höhen, mindestens drei Meter im Ausmaß, und werden einzig von der abschließenden Decke übergangen. Was sich genau in oder auf den einzelnen Vorrichtungen versteckt, lässt sich mit menschlichem Ermessen nicht erfassen.

Auf dem fein bemalten Bauteppich an der Seite kann sich mein erfrorener Unterleib etwas Urlaub gönnen. Dicht neben mir sitzt ein junger Mann mit blondem Haar und glattem Gesicht. Er war der Erste, der die Parole im Morgenkreis wiedergab. Der einleuchtende Grund dafür lässt sich an seiner zerbissenen Unterlippe erklären. Er hat Angst. Pure

Angst, welche ihn in einen wandelnden Zitteraal entwickeln lässt.

Herr Norm legt derweil wieder seine pompöse Gangart in die Parade. Seine wachsamen Augen brechen nicht eine Sekunde von uns ab. Er ist nun in seinem Element angekommen und ich spüre fast schon, wie gigantisch seine Erwartungshaltung geworden ist. „Also dann noch einmal aufs Neue. Alle sprechen mit. Wie eine Welle. Zerfällt dann, wenn sie am höchsten ist." Meine Stimme wälzt sich in einem unangenehmen Kratzen. „Schön. Es werden immer mehr, die mitsprechen. Aber ich kann es gar nicht oft genug betonen. Alle und auch wirklich alle sprechen mit."

Nach dem gefühlt zweihundertsten Versuch sind wir zunächst entlassen. Mir rollen sich schon fast die Zehennägel hoch, als wortwörtlich alle zehn Schneidersitze ihren Teil zur Zufriedenheit des Souffleurs beitragen. Erstaunlich, aber vor allem düster, wie spielerisch der Wille einer vorher noch tollwütigen Kolonne gebrochen werden kann. Obgleich das eklatante Abbild der eigenen Verfassung oder die bewaffnete Eskorte mit in die Waagschale geworfen wird. Ein völlig fremder Mann hat einer künstlichen Gemeinschaft von eigenständigen Menschen mit Leichtigkeit eine Fabel in die Leviten geschmiert. Die Formel des Drucks, gepaart mit der ständigen Nachahmung werkelt unsere eigentlichen

Bedürfnisse aus den Fugen und reproduziert das Postulat eines Dominus. Wahrscheinlich eine erste Untermauerung der angekündigten Dynamiken. Ein symbolischer Vorgeschmack. Wir übertreten die unmündige Schwelle.

„Wunderbar meine teuren Schätze. Da wir uns jetzt so einvernehmlich einen schönen guten Morgen gewünscht haben, ist endlich Freispiel angesagt." Dieses Stichwort fährt einen hölzernen Wagen vom Vorraum herein. Angefangen von dem einfachsten Puzzle, bis hin zu einförmigen Klötzen strotzt das, vom verhüllten Mann geschobene, Mobil nur so vor Kinderspielzeug. Kurz vor dem ersten Tisch hält er an. „Also dann Kinder. Jeder von euch kann jetzt spielen. Jeder von euch wird jetzt spielen. Hopp Hopp."

Ohne uns weiter ins Visier zu nehmen, setzt sich Herr Norm gelassen auf einen Stuhl im Mittelpunkt des Raumes. Seine Hände kreisen frohlockend in der Luft herum. Auffallend gelöst, aber keineswegs nachlässig. Die Attitüde vermittelt uns unmissverständlich, dass die Aussage vom vorgesehenen Spiel mit einer Ernsthaftigkeit versehen ist.

Fragend untersuchen meine müden Falten jede Ecke unserer Behausung. Ohne wirklich zu wissen, wonach sie suchen sollen. Jeder Wimpernschlag gleicht einem Akt des Gewichtshebens. Meine ungläubigen Nebenleute teilen dieses Schicksal. Sie schauen furchtbar ausgelaugt drein, aber nicht minder verschreckt. Zunächst erklärt sich niemand dazu bereit, der erniedrigenden Forderung nachzukommen. Niemand bis auf die verstörte blonde Mähne. Die bibbernde Gestalt schießt nach oben und zieht ein Puzzle mit Traktoren aus der Seite des Wagens. Noch direkt am Tisch beginnt er die kindliche Übung zu vollführen. Welch ein sonderliches Schauspiel einer erwachsenen Person.

Im Anschluss an drei weitere Vorgänger erhebe auch ich mich und greife nach einem Bilderbuch voll mit bunten Tieren aus dem Dschungel. Wieder am Bauteppich angekommen, weigert sich noch immer die Hälfte unserer Gruppe. Sie geht entschlossen auf Abstand, um sich einer weiteren Demütigung nicht hinziehen zu lassen. Ich blättere indes die ersten Umschläge meines Werkes. Ein leichter Schwall von Ungläubigkeit ergibt sich, während die Bewohner des Regenwaldes vor mir auf und ab tanzen.

Ein dumpfes Geräusch entreißt mich auf Seite sechs. Reih um Glied fällt die verbliebene Streikkultur in die Waagerechte. Jeder der erlegten Zinnsoldaten ziert sich mit einer feinen Nadel im Nackenbereich. Zum ersten Mal lassen sich die zierlichen Spitzen genauer unter die Lupe nehmen. Mir fällt ein kleiner schwarzer Punkt am oberen

Ende auf, welcher wesentlich dicker daherkommt, als der Rest der Waffe. Nachdem die Wachangestellten die, aus der Nähe erstaunlich langen, Stifte wieder herausziehen, tritt wieder Leben in die paralysierten Körperlosigkeiten. Schmerzverzerrte Ausdrücke von Bewegungen, sowie tiefe Töne des Schnaufens kommen zum Vorschein. Als mir gerade vor lauter Starrsinn das Buch aus den Händen zu gleiten droht, tritt Herr Norm vor meine Füße und bugsiert es wieder fester zwischen die Finger. Obwohl ich ihn nicht kommen sehen habe, erschrecke ich nicht. Nicht mehr.

„Ihr solltet besser verstehen. Ihr alle hier solltet besser schleunigst verstehen, dass wenn der Erzieher euch in diesen Räumlichkeiten etwas anweist, ihr auch Folge zu leisten habt. Wenn ich euch eine Aufgabe anordne, nehmt ihr diese auch an. Ohne zu fragen, ohne zu murren. Ihr habt nun gesehen, was immer und immer wieder passieren wird, falls ihr da anderer Meinung seid." Dieser Schlag hat erneut gesessen. Stückchenweise stehen die lädierten Personen auf und wählen sich eine Beschäftigungsmöglichkeit heraus. Nicht ein Widerwort, nicht eine widerwillige Geste. Die gebrochenen Karikaturen suchen stumm das Weite in den Weiten des Zimmers.

Ein befremdendes Intervall vergeht. Außer ein paar Bauchgrummeln und fallenden Bausteinen höre ich kaum einen Ton. Nicht einmal mehr die Nuance einer Empörung liegt noch in der stickigen Luft. Bereits zum vierten Mal durchgeht sich nun meine fadenscheinige Lektüre. Die Langeweile, aber auch der Druck auf den Ohren nimmt schematische Formen an. Deutlich realer wird auch das Husten und Schniefen der inhaftierten Kollegen. Der reine Sauerstoff scheint völlig aufgebraucht zu sein. In kurzen, aber auch durchaus heftigen Schüben melden sich Kehle und Magengrube duellierend zu Geheiß. Ich fühle mich derart abgezehrt, dass selbst die dicken Pappseiten kiloschwer nach unten drücken. Ausdrücklich problematisch wird nun das Atmen. Jeder vergebliche Zug nach oxidierenden Mitteln verebbt im Nichts.

„Ich kann nicht mehr. Ich kann einfach nicht mehr.", kommt die Kette in meiner Gedankenwelt zum tragen. Kurz vor dem gravierenden Kollaps stottere ich umher. „Herr Norm. Könnten wir bitte wenigstens die Fenster öffnen. Wir bekommen kaum noch Luft." Er wirkt nicht sonderlich überrascht. Viel eher stand er bereits in der Warteschleife, um auf dieses Verlangen einstudiert zu reagieren.

„Nun, mein Kind. Ich finde die Luft hier noch ausgesprochen ausreichend. Für uns alle zusammen. Und was ich als euer Oberhaupt hier finde, wird auch so stattfinden. Ansonsten mach doch einfach selber das Fenster auf. Nur zu." Meine

Kinnlade muss wohl dem Fußboden nahe sein. Rein intuitiv wandert mein entgeisterter Verstand nach oben. Nach weit oben, da wo die viereckigen Fenster über uns thronen. Nicht einmal mit zwei Leitergarnituren wären die Griffe zum Öffnen in Reichweite gerückt. Sie sind durch die schmetternde Absage vom Direktor, viel mehr noch weiter in die Ferne gefahren. Die Erkenntnis, dass die Fenster sichtbar existieren, aber niemals ihren Zweck erfüllen werden, destruiert mich nun auch innerlich. Mein Kopf fällt in die Senke und das Buch aus meinem Halt. Mit dem letzten Moment meiner Besinnung schaue ich wiederkehrend in die schief grinsende Fratze von Herr Norm. Über die belanglose Frage hinaus, hat er genaustens auf die meinige Reaktion gepocht. Er hat nur den exakten Zeitpunkt dafür noch nicht ausmalen können, aber ganz gewiss die vorher kalkulierte Endabrechnung.

Minutenlang harre ich in der manifestierten Starre. Mir wird warm und kalt im wechselseitigen Tonus, wodurch die Muskeln stark zu krampfen beginnen. Das leblose Treiben meiner Umlaufbahn entlädt seine Salven der Verzweiflung. Jeder einzelnen Erscheinung steht die Resignation mehr denn je auf den Leib geschnitzt. Hängende Köpfe, von Tränen unterlaufene Augäpfel. Eine Tirade der gestutzten Hörner. Unsere entmutigte Gruppe hat sich der Unterwürfigkeit längst hergegeben.„Wir können hier nichts beeinflussen. Selbst wenn wir es wollten. Wir sind zu klein, zu schwach, zu labil. Alles was wir können, ist zu funktionieren. In diesem auferlegten System." Ich denke nun nicht mehr geheimnisvoll vor mich hin. Kein unnötiges Verschleiern fällt mehr in die Belange. Diese reflektierten Worte krächzen leidvoll aus meinem Hals und finden dabei zwar jedes Gehör im Raum, aber nur ein wirkliches Verständnis.

Messerscharf blitzen noch immer die Leuchten von Herr Norm auf meinem geschlagenen Konstrukt. Er studiert mich als sein Beobachtungsobjekt. Nicht eine Regung, nicht ein ausgesprochener Buchstabe bleibt dabei uninteressant. Es nährt ihn, zu identifizieren, wie sehr ich der psychischen Entwaffnung zum Opfer gefallen bin. Das engmaschige Netz aus Vorhersehung und empirischer Veranlagung entwickelt sich in die Unendlichkeit seiner Macht. Alles, was wir erst weit unter der Haut fühlen, soll in genau diesem Grad auch fühlbar sein. Aus Unverständnis wurde Wut. Aus Wut wurde Schmerz und auf jenem Grund der Verletzung entstand das Phänomen der Furcht. Weitaus schwerwiegender. Weitaus nachhaltiger.

„Sie werden uns hier alle zu Grunde gehen lassen! Dann ist Niemand mehr übrig für Ihr zwielichtiges Projekt!", schreie ich mit ungeahnter Kraft. Dieser kurze Schub aus den Tiefen meines Trotzes lässt mich sogar in die Hocke gehen. Jegliches

Gebrechen gilt für diesen Moment vergessen. „Bringen Sie mich doch zum schweigen. Na los. Streckt mich doch zu Boden. Irgendwann wird hier keine jämmerliche Gestalt mehr aufstehen können." Zu meinem Entsetzen rührt sich Herr Norm keinen Zentimeter aus seiner sitzenden Position heraus. Ruhig, wie die gehauene Sphinx, analysiert er den tapferen Akt. Nicht eine Verzerrung der Gesichtsmuskeln kommt zu Lichte. Kein angewiesener Wink zu einem der Leibwächter. Nichts. Eine berechnende, provozierte Charge von Nichts.

In Anbetracht dieser Tatsache fällt mein Pegel wieder rapide nach unten. Jenes unerklärliche Schweigen wirft mich zurück auf den Untergrund. Vor mir liegt das geöffnete Kinderbuch auf Seite zehn. Die Hierarchie eines Löwenrudels wird auf dem niedrigsten Niveau beleuchtet. Mit der Selektion der Erhabenen und dem daraus entworfenen Anführer. Entweder der schlechteste Witz dieser Welt oder die größte Ironie des Schicksals.

„Essenszeit.", spricht Herr Norm nüchtern und sachlich. Das dadurch ausgelöste Stühlerücken befördert uns zu wilden Geiern. Ohne Rücksicht auf Verluste stürmt die keuchende Schar zu Tisch. Überall fallen Spielzeuge oder Bücherklappen unbedacht nach unten. Auch ich begebe mich in der Wallung des vehementen Hungers zu den anderen.

Alle scharren mit den Hufen, als ein zweiter Wagen in den Raum gefahren wird. Mehrere heiße Kochtöpfe, sowie Glaskannen zieren das quietschende Taxi. Meine Mundwinkel gehen wie von Zauberhand nach oben. Verdrängt, sind prompt all die quälenden Gefühle. Nichts ist in diesem lang ersehnten Augenblick mehr von echter Bedeutung, außer das mein zusammengefallener Magen endlich etwas zu arbeiten bekommt. „Jeder von euch wird gleich einzeln aufgerufen. Danach kommt ihr vor zu mir und holt euch Teller, Besteck und Trinken ab."

Gleich der erste Aufruf gilt meiner Person. „Junge 93.", flüstert Herr Norm schon fast in das gespannte Auditorium. Etwas erschrocken, aber mit voller Verheißung strecke ich stehend beide Arme nach vorn. Ein weißer Teller landet im Umgehen darauf. Fester als fest umschließen meine Finger das kalte Porzellan. Erst recht, als Nudeln und Tomatensoße vom heranrollenden Bodyguard sorgsam darauf gegeben werden. „Hinsetzen und warten, bis jeder etwas zu essen bekommen hat. Mädchen 49 als nächstes."

Im Eiltempo wird die köstliche Mahlzeit ausgeteilt. Der Duft der warmen Teigwaren bringen meinen Speichel zum tropfen. Noch nie zuvor hat mir ein Verlangen nach Nahrung so die Hemmungen entgleiten lassen. Wie angestachelt, sehe ich mich nach den Tischen um. Immer wieder stellen sich meine Zehenspitzen an und wippen unwiderstehlich umher. In der schweißgebadeten Hand rutscht die Silbergabel spielend nach unten.

Auf sämtlichen Platzdecken schmückt sich nun das gleiche Einheitsgebilde. „So ihr hungrigen Kinder. Zunächst noch unserer Tischspruch, welchen ihr bereits aus dem Morgenkreis kennt. Ihr wisst, es kann nur funktionieren, wenn sich alle dazu bereit erklären. Wie eine Welle. Zerfällt dann, wenn sie am höchsten ist." Herr Norm erhebt sich zum ersten Mal seit Betreten des Raumes. Im asymmetrisch Gegensatz zu uns wirkt er wacher und spitzfindiger als je zuvor. Die ersten Erfolge der vergangenen Stunden steigern seine Akribie proportional nach oben. Jenes Wissen, jenes gewachsene Vertrauen fundiert fortan die Richtigkeit der hervorgerufenen Lektionen. Sämtliche Achsen seines verspiegelten Projektes vertreten all das, was im Vorfeld am Reißbrett entworfen wurde.

Vorbildlich und unnachahmlich repräsentiert sich unsere Schafherde. „Wie ein Welle. Zerfällt dann, wenn sie am höchsten ist." Alle beteiligen sich unter keinerlei Vorbehalt. Als das Diktat gesprochen ist, steche ich sofort die erste Nudel an. Ein unbe-schreibliches Empfinden von Verlangen umhüllt das spiralförmige Gold. Mein erschlaffter Kaumuskel sehnt sich bereits nach der bissfesten Konsistenz, bis ein schriller Blitz das Traumschloss einzustürzen vermag. „Stopp! Auf der Stelle legen alle hier ihr Besteck nieder.", schreit Herr Norm mit sämtlicher Inbrunst. Einigen fährt dieser Alarm so in die Glieder, dass Gabel und Löffel hellhörig auf den Boden krachen. „Was glaubt ihr denn, wer dieses ganze Chaos hier beseitigt? Alles stehen und liegen gelassen! Räumt sofort euer Spielzeug wieder auf den Wagen, bevor hier irgendetwas gegessen wird."

Die Spitze des Eisberges scheint also wahrhaftig noch nicht erreicht worden zu sein. Mit meinem Buch im Schlepptau begebe ich mich zum Wagen und führe den Auftrag kritiklos aus. „Guten Appetit." wünscht der zufriedengestellte Regent.

Die Ruhe der gefräßigen Masse ist bedächtig. Im klirrenden Regen des Besteckes erwachen Geräusche, wie sie nur im Tierpark bei einer Raubtierfütterung zu Tage kommen. Keiner isst. Jeder schlingt. Herr Norm hätte uns ein tausendjähriges Ei mit rohen Innereien auftischen können. Wir wären darüber hergefallen.

Kurz bevor ich die letzte Teigware anzustechen versuche, bleibt mir die vorherige fast im Halse stecken. Ein lauter, ächzender Hustenstoß folgt. Doch nicht der ausgetrocknete Rachenraum verweigert den Schluckreflex, es ist der nicht minder entwässerte Verstand. Er vollführt einen abermaligen Versuch, laut Hilfe zu schreien. „Wir essen, wann er will. Wir essen, was er will und die verheerendste Variable dieser Gleichung entsendet, dass wir essen, wie er will." Erneut werden wir zu exakt dem Gebilde konstruiert, welches wir auch abgeben sollen. Nicht die rotierenden Windungen an der letzten Nudel landen in meinem Magen, sondern der zyklische Kreisel der Unfreiheit.

Ein erstes Gefühl setzt sich nun. Konträr wirkt sich die Mixtur aus mentaler Abscheu und physischer Genugtuung auf mein Immunsystem aus. Unter dem eckigen Holztisch tanzen meine Füße vor lauter Taubheitsgefühl Tango. Sie kribbeln und stechen taktvoll. Ich stoße mehrmals auf und bemerke, wie der Inhalt meiner Bauchhöhle Vulkan artig ausbrechen will. Noch im letzten Moment der Contenance verhindere ich die entgegengesetzte Peristaltik meiner Speiseröhre und bewahre mich vor dem Erbrechen.

Nachdem der Brei wieder den richtigen Weg nach unten genommen hat, rückt der Stuhl von meiner Gegenüber nach hinten. Sofort entfaltet sich der Mantel des Schweigens. Jedes Augenlicht umfährt das milchige Gesicht der rothaarigen Frau. Sie steht auf, sie versucht es unter sichtbarem Gebrechen. „Mädchen 16. Setze dich doch bitte wieder umgehend hin.", spricht Herr Norm hinter der Deckung der Kochlöffel.

„Aber... ich, ich habe noch Hunger. Eine so kleine Portion. Ich bitte Sie." Dürr und verhalten wispert die gescholtene Dame in sich hinein. Tatsächlich hat sie es noch in den aufrechten Stand geschafft. Ihr knochiger Nacken streckt sich tief in die Beuge, da sich kein einziger Blick nach oben traut.

Das Verblüffendste an jener Szenerie verschränkt sich nicht auf die Tatsache, dass ein so verbrauchter Körper noch auf den Beinen sein kann. „Sie sieht aus wie ein bittendes, wie ein reglementiertes Kind. Wahrhaftig.", verfasst sich meine Auffassung in unausgesprochene Worte. Die Metamorphose scheint abgeschlossen. Solch eine Körperhaltung, der Ausdruck in Mimik und Gestik. Alles erinnert an die geschaffenen Probanden in unseren Einrichtungen.

„Nun mein mutiges Mädchen.", beginnt der Küchenchef das Skript zu verfassen. „Wie ihr euch sicher schon alle denken könnt, gibt es, in Anspruch auf diese Bitte, die gleiche Erklärung. Jeder Prozess hier verfolgt das gleiche, hierarchische Muster. Wenn ich euch einen Teller Nudeln und ein Glas Wasser zur Zuteilung bereitstelle, dann nicht aus irgendeiner Laune der Natur heraus. Nein. Ich entscheide, dass eine solche Portion euren Nahrungsbedarf zu dieser Mahlzeit mehr als nur abdeckt. Und ja, was ich hier entscheide,..."

Der Kopf von Mädchen 16 versinkt noch ein gutes Stück weiter in der Brusthöhle. Auch wenn mich die erneut resolute Dokumentation der Macht nicht maßgeblich überrascht, so ist es doch der Akt der Komplexität, welcher meine strauchelnden Satelliten weiter aus der Umlaufbahn wirft. Herr Norm hätte der Bitte der ruinierten Gestalt mit einem einfachem Kopfschütteln entgegnen können. Anstatt dessen ließ er wieder keine Trumpfkarte in der programmierten Hosentasche. Auf der Angriffsfläche der Frau baute er sein Konstrukt der Unterdrückung mindestens ein Stockwerk weiter nach oben. Nicht für sie. Sondern für jedes poröse Gewissen des Raumes.

Im Anschluss an die nächste Lehrstunde werden wir zum aufstehen angehalten. Unsere Bodyguards betreten wieder die Bildfläche, ohne dabei wirklich aktiv zu werden. Es ist schlichtweg nicht mehr nötig. Wie die dressierte Schar trotten wir durch die Tore hinaus in die angedachte Garderobe. Beim Beschuhen wird mir abermals ruckartig übel. Reaktionslos atme ich kalte Luft nach innen. Sie schmeckt nach einem Hauch von kühlem Morgentau. Ein reines Gefühl. Nach langer, langer Zeit.

Die Besänftigung legt sich nach dem Aufsetzen. Ein furchtbar grelles Licht wirft die Schatten auf unsere erbärmliche Einheit. Ein eingefallenes Gesicht reiht sich an das nächste. Im Lift nach oben könnte man das wahrhaftige Staubkorn fallen hören. Von einigen meiner Mitmenschen verhöre ich wieder nicht einmal das Geräusch des Atmens.

Oben angekommen verteilen wir uns fein säuberlich auf die Zimmer. „Junge 93.", stößt ein ironisches Lächeln in meine Denkblase, nachdem ich das Türschild lese. „Junge 93. Spätestens nach diesem Tag kann man mich wohl so nennen. Spätestens."

Umgehend bahne ich mir den Weg zum Bett. Sich über die Augenschmerzen, zwecks der immer noch vorherrschenden Reizüberflutung Gedanken zu machen, fällt aus. Noch in meiner weiß gekleideten Uniform verschmelze ich mit der Matratze. Selbst die flackernde Raumbeleuchtung erschwert den Einschlafprozess nicht.

Überraschend ausgeschlafen und erholt erwache ich. Mein Kopf schaut auf die lachsfarbene Wand, ehe ein räuspernder Ton aus ihr hervorkommt. Zumindest erweckt es den Anschein daran, denn nach einem zweiten Räuspern wird realistisch, dass jene akustische Geste seinen Ursprung in der Zimmermitte vorfindet.

Nachdem sich mein Körper äußerst behäbig verbiegt, bestätigt sich diese Ahnung. „Bitte aufstehen und mitkommen.", entwirft ein Bodyguard den guten Morgen Gruß. Bedingungslos, wenn auch verschlafen folge ich der Anweisung. Wir verlassen lautlos das Zimmer und begeben uns zum Lift. Währenddessen stellt sich mir die rhetorische Frage, wie lange das Muskelpaket wohl schon meine Reise im Traumland verfolgt haben muss.

Mit dem hellem Ton der Mechanik wird diese Nachforschung ad Acta gelegt. Der Gang der Verhörräume samt aller Glastüren zieht sich in die Längen seiner selbst. Nach wenigen Schritten hält mein Begleitschutz inne und verweist auf einen bereits geöffneten Eingang. Stimmtöne kommen zum Vorschein. Sie diskutieren wild und gleichen sich dabei keinesfalls. Das einstudierte Anklopfen meines Wegweisers lässt alles in Ruhe verstummen.

Im typisch eingerichteten Verhörraum stehen Herr Norm und eine junge Frau hinter dem trüben Stuhl-Tisch-Paar. Herr Norm wirkt deutlich angespannter als sonst. Sein wissenschaftlich wirkender Habitus rückt in weite Ferne. Neben seiner ungewohnten Haltung schwingt ein geflochtener Zopf hin und her. Die braune Farbe der wedelnden Haarpracht komplettiert einen gebügelten Hosenanzug. Die Frau mustert mich. Sie scheint etwas zu unterdrücken, da ihre Lippen stark aufeinander pressen. Ihre Augen wirken glasig, als wäre sie den Tränen nahe oder nahe gewesen. Irgendetwas in mir wird unruhig. Doch nicht auf die angsterfüllte Weise aufgrund einer psychischen Dezimierung.

Soziales Empfinden bahnt sich durch meine pulsierenden Adern. Wehmut, Trauer, Freude, Erwartung. Jegliches Gespür für die Situation entgleitet mir und ich kenne nicht einmal die annähernde Erklärung dafür. Eines bestätigt sich allerdings mit einer präzisen Perspektive. Diese Person ist anders. Anders als alle anderen Angestellten. Erst recht, als sie den finalen Wortlaut unserer Begegnung verlauten lässt: „Lasst uns allein. Ihr alle."

Kapitel 4

Vergebens vergessen, die Tat der Unschuld.

Verlangt in Reue, gemessen an Geduld.

Erst war er der Vater und sie dort das Kind.

Zerschlagen in Pein, im fortwährenden Wind.

Des Rauches Schar, unterdrückt in den Tiefen des Sein.

Gewogene Zeit, wiegt schwerer als jeglicher Stein.

Hinfort mit ihm, die Makulatur der Gedanken.

Gebeugt im Schoße von unmenschlichen Schranken.

Ehrwürdig erwacht, die Vergangenheit im Jetzt.

Die Reinkarnation voll Schirm und Gesetz.

Wir sind was wir fürchten, auf ewig Gedeih.

Zertrümmert die Blase der Wachtyrannei.

Ein Wiedersehen so folgenschwer, so vage getrübt.

Das Kind nun als Mutter, im Wagnis geübt.

Im Urteil vollzogen, kein Platz der Revision.

Symbolik von Jüngsten, Macht gibt den Ton.

Die Tür beginnt zu fallen und mit ihr ein Vorhang dessen Ausmaß in ungeahnten Sphären zu schweben scheint. Ein Nebel durchfließt meine angenagten Bahnen. Alles wirkt verschleiert, so undurchdringbar. Mehrere kleine Tröpfchen fließen im Rinnsal an der Wirbelsäule entlang. Ich versuche sie sofort wegzuwischen, wobei beim ersten Daumenschlag deutlich wird, dass mein weißes Oberteil bereits zum klammen Handtuch mutiert ist. Unvollendeter Taten belasse ich mich im nasskalten Zustand. Er fühlt sich ohnehin unlängst normal an und Normalität, sei sie noch so auferlegt in diesen Gemäuern, kommt plötzlich verschwenderisch gewünscht daher.

„Wie eine Welle.", lacht die schlanke Frau diskret in sich hinein. Sie wendet mir noch ihre Seitenansicht zu und wirkt dabei wie eine kaiserliche Statur. „Kannst du dir eigentlich vorstellen, wo mir dieses Dogma das erste Mal über den Weg lief? Damals kurz nach unserer Zeit. Kurz nach meiner Diskreditierung. Ich hatte alles erfahren. Alles was man erfahren konnte. Ab dieser Zäsur konnte es für sie nur noch in den Fall gehen."

Die Art ihrer Rede. Im verletzten Unterton verbirgt sich die Vergangenheit. Doch was noch demonstrativer in die Rinden geritzt wird, zeigt sich in ihrem nun erkennbarem Gesichtsausdruck. Entschlossenheit. Purer Wille.

„Elliw.", wispere ich mit sanfter Lautstärke. Starre. Paralyse. Unfassbarkeit. Sämtliche Zustände werden in ihrem Namen zum atemraubenden Programm. Es bedurfte keinen renommierten Detektiv, um eine Verbindung zwischen meiner Wenigkeit und der ominösen Frau herauszufiltern. Eine geringschätzige, unbedeutende Verbindung. Das junge Mädchen jetzt aber hier vor mir zu sehen, welches in jeder meiner verflossenen Angstzustände vorkam, entreißt sich jeglicher Vorstellungskraft.

Nahtlos schießt Flüssigkeit in den Tränenkanal. Übermannt von sämtlichen Eindrücken, sowie der undenkbaren Wiederkehr des einstigen Kindes sacke ich tief zusammen. Vom Stuhlbein dringt ein grässliches Kratzen nach oben. Mein verschwommenes Sichtfeld lässt nicht einmal mehr den silbernen Stahltisch klar skizzieren. Ich muss träumen. Ich muss es. Ich will es.

„Du siehst schrecklich aus. Aber nicht so schrecklich wie die meisten Jungen und Mädchen hier. Das beruhigt mich." Mein emotionaler Ausbruch wird von den näher kommenden Schritten jäh unterbrochen. Erstmalig wage ich einen schüchternen Blick in Schräge und drifte dabei in die eisblauen Augen ab, die längst als vergessen galten. „Ja ich bin es. Elliw. Das kleine Mädchen in der Cordhose, weißt du noch?"

Ich weiß es noch. Ich fühle es in jeder verwurzelten Zelleinheit meiner peripheren Kreise. Nicht eine Nacht verlief ohne den nachahmenden Alptraum an die versiegte Zeit. An meine Schandtat. An meine unvollkommene Rettung. An den gewollten Akt von Herz und den entfesselten Kasus der Pein. Diesem selbstzerstörerischen Schatten, all die Jahre ätzend, trifft so eben ein heller Strahl der Erleichterung. Elliw wohlerhalten und bei allen Sinnen zu sehen, puzzelt mein Herz in die anatomische Form zurück.

„Wie ist das möglich? Nach dieser ganzen Zeit. In dieser destruktiven, narzisstischen Welt. Ich bin so froh, dich zu sehen.", bricht ein erster affektierter Sprudel aus mir heraus. „Es war nur möglich, weil ich nach dir gesucht habe. Weil deine Taten mir immer vergegenwärtigt blieben. Ich musste dich unbedingt wiedersehen. Als du dann aufgefunden wurdest, wusste ich welches Dilemma uns beiden bevorsteht. Ich musste dich mit allen anderen herbringen lassen. Du musstest diesen Weg hier spüren, um unsere Mission nicht zu gefährden, aber ganz explizit um sie zu verstehen. Über die Kameras wurde mir jeder deiner Atemzüge aufgezeichnet. Es riss tiefe Wunden in meine Haut. Doch der richtige Moment..." „Der richtige Moment?" unterbreche ich die sichtlich aufgewühlte Elliw.

Jedes ihrer Worte, jede Erklärung fällt schonungslos schwer. „Nun. Das du und ich hier so sitzen, beherbergt eine riesige Überzeugungsarbeit. Herr Norm und alle anderen Mitglieder dieser Unternehmung hier sprachen sich gegen meine Bedingung aus. Sie sahen es als zu riskant an. Für dich und mich. Wahrscheinlich haben sie sogar nicht ganz unrecht." „Welche Bedingung, Elliw? Was geht hier eigentlich vor? Seit Tagen zermürben mich all diese Fragezeichen zu einem nichtsahnenden Fall. Rede endlich mit mir, ich bitte dich."

Das Gesicht der jungen Dame rötet sich in einer purpurnen Manier. Sie lehnt sich mit beiden gepflegten Händen an die Seitenkante des Stahltisches. Ein schnaufender Zug aus ihrer Nase bereitet meinen gebannten Ratio vor. Auf die bevorstehende Illustration. Auf ein wenig inneren Balsam.

„Ich verstehe jede einzelne Entrüstung hier, das musst du mir glauben. Wir haben euch aus den Häusern gerissen, doch keine andere effektive Möglichkeit wäre vorstellbar gewesen. Keine Möglichkeit hätten die meisten deiner Kollegen hier verdient. Alles was geschehen ist, kann nun nicht mehr revidiert werden. Herr Norm hat euch bereits zutiefst aufgezeigt, warum ihr hier seid. Unsere Gesellschaft grenzt am Scheitelpunkt des Verfalls und dies beginnt dort, wo wir alle beginnen. Im Kindergarten. Jenes weißt du besser als jede andere Person. Uns bleibt nur noch diese eine brutale Option hier und ich versichere dir, wenn der Preis mein eigenes Moralversagen darbietet, damit ein Kind mehr eine gerechte Chance bekommt, dann bin ich bereit, ihn zu zahlen. Jeder Zeit." „Das wäre ich ebenfalls.", suggeriert mein hängender Kopf. Im lethargischen Strom umzingelt mich noch immer der resolute Charakter des Vergangenem. Unvorstellbar offenbart sich, wie nicht eine einzige Instanz aus unserer sozialen Umgebung auf Ursachenforschung gehen konnte. Doch in sich gekehrt verbirgt sich diese Rhetorik ebenso, wie die wahren Aussagen aus Elliws Mund.

„Mir ist durchaus bewusst, welchen Weg du zu gehen bereit wärst. Und mir ist durchaus bewusst, wie du mich damals als Kind behandelt hast. Exakt aus diesen beiden Gründen sitzt du hier." „Ich habe damals versagt. Ich habe mich versteckt hinter diesen erzieherischen Monstern und noch viel schlimmer. Ich habe dich für meine lächerlichen Rettungsversuche büßen lassen." „Vergiss deine Schuldgefühle. Vergiss alles, was dich in unruhiger Sorge umgetrieben hat. Früher oder später wäre ich mit meiner aufbegehrenden Mentalität ohnehin wieder unten gelandet. Durch dich und dein empathisches Empfinden hatte ich das erste und einzige Mal so etwas wie echte Kindheit erfahren. Diesen Versuch konnte ich dir nie vergessen."

Nun ist es da. Jenes Momentum, welche meine von Kapriolen durchsetzte Natur wieder einrenken sollte. Seit Elliws Verbannung verlangte das Streben nach inniger Rettung nur eines von mir und das waren diese Zeilen. Ihre verzeihende Stellung war der sehnlichste aller Wünsche. Mein intrinsischer Antrieb. Ihn nun hier verlesen zu können, spottet jeder Beschreibung.

„Ich danke dir. Kein Satz dieser oder anderer Welten könnte diese Befreiung in mir titulieren. Ich danke dir Elliw." „Nein, ich danke dir. Noch so viele Dinge gälte es zu sagen, doch uns entrinnt die Zeit und mir fehlen derzeit die Mittel, dir gebührend etwas zurück zu geben. Alles in meiner Macht stehende ist die Bedingung von der ich sprach. Ich weiß, ein schwacher und womöglich gar sarkastischer Antrag, doch gleichzeitig auch der ausschließliche Weg hier raus. Für dich."

Unverdrossen weicht Elliw vom Tisch ab. Erneut fällt ihr das Unvermeidliche schwer aus zu sprechen. Ihre Nervosität lässt Finger und Handballen zu räuberischen Gegenspielern werden. Sie grübelt. Sie zweifelt und doch hüllt dieser Bezug der Unsicherheit nur den finalen Beweggrund unter sich. „Nun denn. Dein Pfad hier raus führt dich an meine Seite. So, wie wir vor etlichen Jahren auch begonnen haben. Ich möchte, dass du einer von uns wirst und bist. Ich möchte, dass du dich an jenes Credo schließt, welches durch uns ins Leben gerufen wurde."

Sprichwörtlich und doch so reell mahnte ich mich in dem Wissen, bereits die Klippe der Abstrusitäten erklommen zu haben. Dieser Vorschlag stellt die Dinge fortan nicht mehr auf den Kopf, er brüskiert sie. Ein schmales, gezwungenes Lächeln spitzt meine Wangen nach oben. In der Region des Halswirbels knackt ein brechendes Parkett, als das Haupt vor Fassungslosigkeit hin und her wankt.

„Wie stellst du dir das vor? Willst du so etwas wie einen Aufstand der absoluten Entrüstung auslösen? Wenn ich an eure Seite, an deine Seite trete, werden die anderen Jungen und Mädchen vor Wut nur so tosen." „Diese Kalkulation besteht natürlich.

Sie ist sogar sehr wahrscheinlich, doch was noch immens wahrscheinlicher daherkommt, ist der symbolträchtige Fakt. Verstehst du?" „Vom Verstehen an sich könnte ich nicht weiter entfernt sein." „Diese Leute hier, welche sich einst dem pädagogischen Eid unterwarfen, um ihn danach mit Füßen zu zermalmen, belaufen sich nur auf Zorn und ungebrochene Macht. Sie errichteten ihre eigene Justiz, das Gesetz von radikaler Willkür. Erhaben auf schwach. Stark auf untergeben. Groß auf klein. Ein königsgleicher Umhang von Unantastbarkeit umgab alles und jeden. Stell dir nur mal vor, einer von ihnen tritt nun empor. Gebildet in diesen Räumen, in diesen Stunden hier. Ein selbstbestimmter, frei denkender Erzieher und letzten Endes das Prägnanteste aller bisher versiegten Quellen. Ein sozialer, ein fühlender..., ein Mensch. Wenn dieser Paradigmenwechsel von den Kameras hier drinnen nach außen gelangt, wird seit langer Zeit die brachiale Welle unserer Peiniger gebrochen."

Die Sekunden vergehen. Sie werden zu Zeitsprüngen anderer Dimensionen, gemessen an der Intensität meiner laufenden Denkprozesse. So sehr ich mich auch gegen diesen Boykott von Idee wehre, so unumgänglich wirkt Elliws Konstrukt. Jeder einzelne Gefangene hier drinnen, wähnte sich dort draußen in korrupter Sicherheit. Nicht ein Versuch blieb ungenutzt, um Kinder, gleich welchem Alters, zu bestimmen, zu beherrschen und unbeugsam zu formen. Nicht der leiseste Windstoß wird sich drehen, wenn die wenigen Menschen, die im Herzen noch rein sind, wegschauen. Fortan ist Mut gefordert, womöglich auch das Eingestehen der eigenen Niederlage, nur um danach endgültig aufzustehen.

„Die Welle. Das ist es also, was sich hinter diesem Mythos verbirgt.", stottere ich mit weit aufgerissenen Augen. Elliw lächelt bedeutsam in die meinige Mitte. Ihre glatte Stirn glänzt im Licht des Raumes. „Dieser Spruch, diese Aussage verspricht vieles hinter sich. Doch den Kern jenes Sinnbildes hast du nun erfasst. Unser höchster Punkt befindet sich nicht im Einklang mit der höchsten Macht. Er liegt auf der Achse unserer eigenen Menschlichkeit. Wenn wir uns selbst eingestehen, wo wir versagt, misstraut, gefrevelt haben, dann fallen wir. Doch nicht in ein tiefes Loch der Vergeltung. Nein. Wir fallen auf den wirklichen Boden unserer Humanität, nur um dann guten Gewissens wieder aufzustehen. Dann und nur dann können wir einander helfen, da unser Weg vielleicht nicht perfekt oder fehlerfrei war, aber ganz sicher echt."

„Ich tue es!", kracht mein Sprechorgan schallend durch die farblose Umgebung. Das Echo muss mindestens noch die Türen zur Außenwelt gekitzelt haben, da scheinbar kein Ende der tonalen Wiederholungen zu vernehmen ist. Meine durchaus noch vernebelte Wahrnehmung umfasst dieses Phänomen mit eisernen Klauen. „Ich tue es. Doch nicht für mein Entkommen oder die Freilassung. Sondern einzig um den längst überfälligen Beitrag zu leisten. Für alle Kinder die da waren, die gerade sind, die noch kommen und auch für dich." „Ich weiß. Kein Zweifel ging an mir vorüber und das du dich jener Sache nicht aus Egoismus widmest, zeugt von deiner Aura, zeugt von dem Herzen, welches mich vor all den Jahren retten wollte."

Unsere Augenstrahlen treffen sich. So viele Dinge sind gesagt und doch wurde nur das wenigste besprochen. Solch eine Abfolge von unvorherseh- baren Ereignissen. In Elliws Pupillen porträtiert sich noch immer die überwundene Verletzbarkeit ihrer desolaten Jugend. Sämtlicher Schmerz und die dadurch gewonnene Resilienz fliegt mit jedem Lidschlag näher auf mich zu. Mein Bewusstsein inhaliert deren Schwingungen. Doch noch viel tiefer hinter ihrer Netzhaut erspähe ich nun den Funken einer längst verschollenen Flamme. Ihre Bereitschaft pulsiert in jeder Ader. Mit unserem Bündnis legt sich die letzte Kehrseite der Medaille in den lösenden Reigen. Jede fundamentierte Stärke färbt fortan auch meine einst erloschenen Sinne. Ich fühle eine wiedergekehrte Stärke in den schweißnassen Händen, welche jede erhobene Faust dieses Planeten in die Schranken weisen würde. Die Würfel der Solidarität beginnen zu fallen und mir wird deren Zahl zur Waage.

„Wie und wann werden wir beginnen, Elliw?" „Eine Nacht der Vorkehrungen wird noch von Nöten sein, dann lasse ich dich aus deinem Zimmer holen. Wenn alle anderen noch in ihren Träumen stecken." „Ich werde warten. Warten und meine Gedanken in halbwegs brauchbare Ordnungen bringen." „Nimm dir Zeit und Ruhe. Beides wird vorerst nicht mehr mit unserer Aufgabe zu vereinen sein. Noch können wir uns nicht gänzlich ausmalen, welche Lawine ins Rollen gelangt. Vieles wird auf dich einprasseln und noch einiges mehr verlangt. Du musst das werden, was du am meisten verachtest. Diese Schale könnte nicht schwerer zu brechen sein, doch ich bin mir sicher, dass du diesen nötigen Gang aufrecht vollführen wirst. Ich werde an deiner Seite sein und brauche ab diesem Zeitpunkt nur noch eines von dir. Vertrauen. Wirst du es schaffen? Vertraust du mir? Vertraust du mir blind?"

Kapitel 5

Vergiss mein nicht, im Rest. Vergiss dein nicht, zuletzt.

Im frühmorgendlichen Sonnenschein wirkt die ausgestoßene Atemluft majestätisch. Ein Wirbel von Rauch und Nebelflauten steigt gleichförmig in die Höhe. Ich schaue den diesigen Schwaden senkrecht hinterher, bis sie im klar weißen Meer verschwinden. Ein geringfügiger Schüttelfrost durchfährt meine Glieder und zieht sämtliche Poren zusammen. Im dicken Gewand des schwarzen Wollmantels steigt mir, unter den verschränkten Armen, schnell wieder Wärme ins Gemüt.

Noch verharrt mein Körper in der steinigen Position. Einzig das Gedankenstübchen dreht im linken Winkel zur Seite. Wenige Meter über der zweigeteilten Glastür thront eine digitale Anzeige an der hellgrauen Kalkwand. Eine schwarz geschwungene Vier blinkt auf dem trostlosen Untergrund vor dem Grad Celsius auf und ab.

Eine beachtliche Weile starren meine vertrockneten Augen auf das pulsierende Armaturenbrett. Wäre die Temperatur knapp über dem Nullpunkt noch nicht kalt genug, zaust ein leichter Zug klammheimlich in Richtung Gehörgang. Als ich nur darauf warte, dass das Ziffernblatt weitere Schläge nach unten fällt, schiebt sich ein Teil des Eingangs nach innen. Die spiegelnde Verkleidung beschlägt in auffallender Rasanz. Nicht minder beeindruckend erscheint Elliws Schritttempo auf ihren davoneilenden Absätzen. Auf direktem und zielstrebigen Wege nimmt sie mich ins Visier. Ihre fliederfarbene Daunenjacke deckt noch fast ihre Fußknöchel ab. Im bitterkalten Wind wedelt die gewohnt gebundene Frisur nach Belieben.

„Sie sind jeden Moment da. Halte dich bereit. Du weißt, was zu tun ist. Deine Anrede muss kurz, aber prägnant sein. Keine Zeit für Vorgeplänkel.", hechelt Elliw in Folge des Stechschrittes. „Alles ist vorbereitet. Sämtliche Vorkehrungen sind getroffen. Ich bin soweit." Im Anschluss an unseren diskreten Diskurs treten zwei Bodyguards über die Schwelle. Folgsam schließt sich eine überschaubare Gruppe von Jungen und Mädchen an. Jeder von ihnen trägt den gleichen weißen Ganzkörperanzug, gepaart mit aschgrauen Gummistiefeln. Besonders eklatant fallen die üppigen Wölbungen an den Hinterteilen der verbrauchten Schar ins Bild. So amüsant dieser Anblick daherkommt, so elementar ist der erschaffene Grund dahinter.

In meinen Überlegungen fliegen die Worte des vorbereiteten Appells Looping um Looping. Der erste Eindruck in der noch völlig surrealen Rolle wird entscheidend sein und noch viel mehr. Er wird darüber evaluieren, wie glaubhaft das Theaterspiel von der Bühne geht. Noch ein tiefer Zug der trockenen Eisluft, sowie der kurze Augenschluss präparieren mich letztendlich in die geforderte Mixtur aus Fokus und Gelassenheit.

„Guten Morgen Kinder. Ich begrüße euch zu unserem langersehnten Außenaufenthalt. Gemeinsam mit meiner Kollegin fiel der Entschluss, den Aktivitäten nun auch hier draußen nach zu gehen. Genügend Spielsachen stehen euch zur Verfügung, welche auch wie gehabt zu nutzen sind. Ihr wisst, worauf wir als eure Erzieher Wert legen und welches Verhalten wir unter keinen Umständen tolerieren." Mit dem Ende der energischen Ansage überkommt mich die Definition von Selbstbewusstsein. Ich schaue der resignierten Gruppe mehr und mehr in die Emotion. Ich nehme Haltung an, strecke mein verrenktes Rückgrat. Ich lächele in einer fratzenhaften Episode. Ich bin explizit eines. Überzeugt. Überzeugt von Worten fremder Münder.

Um mich ein wenig aus der Schussbahn zu befördern, ergreift Elliw nun die Initiative. Sie tritt dicht an meine Schulterpartie. Mit wilden Gestiken kennzeichnet ihre autoritäre Gestalt, dass zu betretende Areal ab. Meterweit von unserem Standpunkt umgeben uns die ähnlich eintönigen

Steinwände. Ein gemauerter Käfig, welcher an Höhe wohl nur vom Eiffelturm selbst überboten wird. Inmitten des künstlichen Gefängnisses platziert sich ein quadratisches Carré von Grünfläche. Als ich näher an den sauber gemähten Rasen herantrete, krümmen sich die kristallisierten Halme zum Erdboden. Auf dem gefrorenen Untergrund sind mehrere bunte Bälle, Reifen und Plastikautos abgelegt. Ein penibel sortierter Haufen mit sinnbildlicher Ausstrahlung.

Die Aufgabenstellung ist so simpel, wie transparent. Kein Kind soll das diktierte Angebot im Freien durch einfaches Abwarten oder Zurückhalten verwalten. Kein Kind darf jenen Stil sein Eigen nennen. Sie werden abermals dazu angewiesen, im Sinne ihrer Erzieher zu handeln. Spielen, bewegen, agieren. Sei es mit den vorbereiteten Exemplaren oder schlichtweg im individuellen Gefüge, sowie Miteinander. Ich und Elliw zementieren diesen Rahmen der Beschäftigung im absoluten Monopol. Ohne große Umschweife befinden wir die Zeit, Umgebung und besonders die Wetterkapriolen als angemessen.

Nachdem Elliw ihre finalen Instruktionen in die Morgendämmerung verabschiedet, beginnt das soziale Spektakel auf ein Neues. In sämtlich Ecken des betonierten Geheges gründen sich gesonderte Schauplätze. Weiße Punkte auf einer tristen

Leinwand. Jeder Pinselstrich folgt dem vorherigen. Alles wirkt linear. Alles wirkt im raffenden Gewand.

Der größte Pulk an homogen Marionetten wird um das glänzende Grün gebildet. Eine zierliche Hand voll Jungen beschäftigt sich auffällig authentisch mit dem Miniaturfuhrpark. Sie fahren die Bagger und Kipplader kniend vor sich her. Aus meiner zurückgezogenen Position heraus beobachte ich die provozierten Reaktionen der Kinder. Mehrere Gesichter verziehen sich schon alleinig aufgrund der frostigen Brise. Zu gern würden sich die leidgeprüften Mannen an ihrer eigenen Körperwärme erfreuen. Doch der nimmermüde Gang der Wachleute galoppiert mit gespitzter Nadel durch die Prärie.

Ein stämmiger Herr mit kahlem Kopf schnauft plötzlich direkt vor meinen Füßen. Ich habe ihn durch das umherfliegende Adlerauge kaum lokalisiert. Erst als ein gelbgefärbter Traktor nahe der Stiefelspitze Halt macht, bekommt die ärmliche Gestalt alle Aufmerksamkeit. Von oben herab erweckt es den Anschein, einen demütigen Schoßhund zu unterhalten. Die gekrümmte Stellung auf dem Asphalt. Das gesenkte Haupt. Kein Platz für Spielraum, im wahrsten aller Sinne.

Scheinbar unbemerkt zieht mein rechter Unterschenkel vom kriechenden Kind weg. Kein Deut einer Störung soll zwischen den justierten

Jungen und der Kamera kommen. Die initiierten Emotionen, sowie das scharfe Bandmaterial liegt im Schutze der höchsten Priorität. Elliws Lippen wurden nicht müde, diesen Satz im tausendfachen zu dozieren. Geachtet dieser Tatsache ziehe ich auch das zweite Bein hinterher. Mein überblickender Radar visiert schon die nächstgelegene Traube von Mädchen an. Versuchend, erneut in die synthetischen Welten einzudringen und sie zu durchsieben. Jene Erniedrigungen zu vernehmen, welche noch vor Momenten auch meinem Antlitz zu entziehen waren.

Der darauffolgende Windstoß schneidet einen tiefen Riss in beide Wangen. Von Minute zu Minute steigert das Zusammenspiel aus Böe und arktischen Graden das allgemeine Unwohlsein. Fest im Kragen verkrochen, umschließen mich zumindest die warmen Aussichten. Bald wird alles vorbei sein. Bald wird sich die labile Gesellschaft, vor ihrer eigenen Schande nicht mehr verstecken können. Bald werden diejenigen an den Pranger gestellt, die ihn selbst noch aufrecht erhielten. Ganz bald wird alles im revidierenden, im umgekehrten Kosmos neu auferstehen. Ganz bald... . Blitzartig greift mich ein fester Handabdruck direkt in die Wadenmuskulatur. Vom Schmerz des Stiches getroffen, springe ich im Satz einen guten Schritt nach hinten. Unter mir weilt erneut der glatzköpfige Mann. Das straffe Gesicht, samt der in sich gefallenen Augenhöhlen entlarven nun seine erschrockene Darbietung. Wenig überraschend, fährt sein einstiges Fahrzeug jetzt den Autopiloten. Seine schwieligen Hände reiben wie im äußersten Juckreiz auf und ab. Besonders dem Gesäß widerfährt eine kratzige Untersuchung. „Was habt ihr da mit uns gemacht? Welch Wahnsinn soll das jetzt wieder sein? Ihr habt uns nasse Windeln anziehen lassen! Alles zieht und scheuert da unten! Alles strafft in der Kälte. So etwas Ekelerregendes!" Mit unverkennbarer Wut entfällt ihm die letzte Schuppe der Fassung. Der König aller angestochenen Bienenstöcke.

Im direkten Augenwinkel nehme ich schon einen aufgescheuchten Bodyguard wahr. Vom Geschrei und Gezeter in Bereitschaft versetzt, ist er nur noch wenige Schritte, sowie Aktionen vom Kind entfernt. Gegenwärtig hebe ich den Arm und scheine dabei die Raum-Zeit-Dimension anzuhalten. Alles konserviert im engsten Fokus. Einer Blase aus Aufschrei und innigster Anspannung. Ich registrierte jedes einzelne Paar von Glaskörpern auf meiner empor gerissenen Hand. Um erst gar nicht den Schein einer Bredouille aufkommen zu lassen, reißt mich das längst überfällige Wort an sich. „Bitte beruhige dich mein Junge. Ich habe jetzt keinerlei Zeit für solch einen Aufruhr. Und noch viel weniger Zeit bleibt für deinen nassen Leib über. Bis wir wieder rein gehen, hältst du das schon noch aus."

Ein festgefahrenes Monument. Ein Satzbaustein, wie er schon unzählige Male durch halsbrecherische Lippen in die Leben schoss. „Wenn wir wieder drinnen sind, kümmern wir uns. Jetzt geh wieder spielen und denk einfach nicht dran."

In meinen vergangenen Jahren, in diesen vernarbten Dekaden hörte ich jene Beschwichtigungen. Ich vernahm sie, sah welch Krater von Ausmaß durch ihre aalglatten Lügen entstand. Nun bin ich der personifizierte Antagonismus im Alltag von Groß oder Klein. Mit trivialer Verantwortung, geht hemmungslose Macht einher. Eine Regentschaft der kontrollierten Blindheit.

Kurzzeitig durchfährt mich der blanke Ekel. Heftige Überwindung kostete die Abfuhr im morgendlichen Kühlschrank. All die Verabscheuten nun selbst zitiert zu haben, verlangt sämtliche Disziplin von mir, um nicht komplett aus der eigenen Haut fahren zu wollen.

Dem abgeschmetterten Mann geht derweil jeglicher Mut abhanden. Voll zappelnder Bewegungen fleucht er hinweg. Von oben herab blitzt sein unbehaartes Haupt dezent auf. Um unser Epizentrum herum entfacht wieder das rege Treiben. Die Jungen und Mädchen fügen sich abermals ihrem Schicksal. Im spielenden Fluss tritt Elliw in mein Sichtfeld zurück. Genügsam, aber vollends überblickend wirkt ihr zukommender Gang. Mit den Armen hinter dem

Rücken zieht sich sogar ein Lächeln durch ihr gerötetes Gesicht. „Die Worte fielen dir schwer. Allen blieb das verborgen, mir natürlich nicht. Du kannst Stolz auf dich sein. Auf dich und deinen Beitrag."

Wir stehen nun Seit an Seit, als mir eine längst vergessene Historie wieder in den Sinn gelangt. „Vor vielen, vielen Jahren schickten sie mich nach unten. Es muss lange nach unserer gemeinsamen Zeit gewesen sein. Ich kam den ersten Tag bei den Einsern an und wurde sofort zum Dienst im Bad verdonnert. Der Geruch von Fäkalien wurde einzig vom abnormen Geschrei der Kleinen übertüncht. Den gesamten Vormittag war ich damit beschäftigt, die Kinder aus den Toiletten und Windeln zu holen. Ich wischte, hievte, rannte, der Kinder willen. Als die gesamte Gruppe bereits auf die Betten beordert wurde, zog ein kleiner Junge an meinem Rockzipfel. Sein Höschen war voller als voll, triefnass und im Windelfach herrschte tiefste Ebbe. Ich ging hinaus in den Gruppenraum und fragte nach Wechselsachen. Hätten sie einfach gesagt, sie fehlen. Hätten sie es nur gesagt." „Wie endete dieser Irrwitz?" „Mir wurde befohlen, dass Kind in die dreckigen Sachen zurückzuziehen. Es wäre bereits Mittagsruhe und die Zeit für einen solchen Aufwand niemals mehr gegeben. Er schaffe das schon bis nach dem Schlafen. Ich legte dem Jungen ein Taschentuch in den Schritt und ließ ihn dem weiteren Zwang entgegengehen. Am nächsten Tag fehlte er mit einer krankenhausreifen Entzündung des Harnweges, wie sich später herausstellte. Ja Elliw, diese Worte fielen mir schwer, weil sich nicht aus meinem Ursprung entstammen. Doch deren Notwendigkeit durchscheint diesen Schatten." „All diese Grausamkeiten werden demnächst gen Ende taumeln. Das verspreche ich. Du bist der Tropfen, der nicht nur das Fass, sondern alle Wannen zum Überlaufen bringt. Ein ehemaliger Erzieher, schuldbewusst und einsichtig. Deine Bilder werden durch die Städte gehen. Durch die Einrichtungen, wo viele mutlose Menschen nur auf ein solches Symbol warten. Die Tyrannen, welche durch das Schlucken ihrer eigenen Medizin immer noch nicht dem Verstand folgen, treffen dann die Nadeln. Eine Vielzahl von Perioden wird ins Land gehen müssen, ehe erste wirkliche Veränderungen dingfest gemacht werden können. Doch bei aller Brutalität und instinktiver Rache. Bei allen möglichen Konsequenzen wiederhole ich mich nur zu gern. Wenn auch nur einem Kind dadurch eine bessere Zukunft bevorsteht, werden diese Schritte von mir gegangen. Kein Zweifel."

Ein weiterer Windschnitt fliegt uns um die Ohren. Sekunden vergehen, in denen wir schweigen und einzig unserer Umwelt Gehör schenken. Immer mehr Kinder ächzen über Kälte oder Feuchtigkeit. Kaum noch ein Plastikrad kitzelt den steinigen

Untergrund. Friedsame Ruhe steigt wohlig in mir auf und verführt alles in eine Art erfüllte Zufriedenheit. Meine aufgewärmten Hände baumeln sorglos umher, als die rechte sich in den Fingern einer fremden Tatze verfängt. Elliw packt fest, aber auch zärtlich zu. Eine beruhigendere Berührung lies sich nicht einmal in meinen unentbehrlichen Träumen messen.

„Wir beide sind anders. Weißt du noch?", fragt sie in all ihrer Rhetorik. „Alles geschah aus dem berühmt berüchtigten Grund. Nun geh nach oben, wir sind hier fertig. Ich lasse dich heute Abend abholen, dann kommst du wieder hier raus. Dein Soll ist mehr als erfüllt. Dein Zweck. Deine Welle. Vergiss niemals, wer wir sind. Vergiss niemals, wer wir waren."

„Mein Zweck? Meine Welle?", doch bevor ich wirklich nachhaken kann, findet die Konversation ein abruptes Ende. Elliws Rückseite verabschiedet mich in den schallenden Innenbereich der untersten Etage. Die trostlose Verkleidung erscheint noch fader als gewohnt. Vereinzelte Wächter kreuzen meinen nachdenklichen Gang zum Lift. Tonale Kulisse wird einzig vom heran rauschenden Fahrstuhl gegeben. Keine Kinder. Keine Erzieher. Niemand scheint zu sprechen und auch nicht natürlich zu schweigen. Um so lebendiger flüstern Elliws Fragmente. Sie springen auf meinem synaptischen Trampolin nieder und wieder. „Mein Zweck. Meine Welle. Mein Zweck. Meine Welle."

Nachdem mich die lautlosen Schranken nach oben begleiten, suche ich nur noch das Weite. Mit den Füßen aus Blei ruft das nahegelegene Bett. Das Kissen drückt bereits an der Schläfe und sogleich grüßt nun endlich die Zimmertür. „Junge 93. Junge 94. Ein letztes Mal." Im gemachten Nest fällt dann noch der letzte Rest von Anspannung ab.

Über mir erstreckt sich die Wolkenleiter. Sie touchiert meine kaum noch geöffneten Lider mit der folierten Zimmerdecke. Für den scheinbaren Augenblick spielen die Kinder auf dem hellbraunen Obergrund. Ein Wagemut umrandet mein träumerisches Mobile, ist die Vorstellung noch zu lebendig. Zu lebendig in allen Eindrücken voll mit Parolen, Eisschränken und gefüllten Windeln. Der nächste gähnende Reflex geleitet mich endgültig in den Tiefschlaf.

Gleißende Sonnenstrahlen werfen ihre Schatten im Zweig der Baumkronen. Schönes Wetter. Endlich wieder schönes Wetter. Die Kinder vergnügen sich am Wasserspielplatz. Überschwemmende Eimer und Becher fliegen tropfend umher. Ein Junge steht an der Pumpe des Brunnens. Im tosenden Gebrüll seiner Freunde lässt er sich anfeuern. Motivation und Stolz spitzen sein anerkanntes Lächeln. Genau hinter ihm steht ein nur halb so großes Mädchen.

Keine noch so geringe Beachtung wird ihr geschenkt, wo doch der Held des Geschehens alles in sich aufsaugt. Nach einer kurzen Weile pausiert der durchgeschwitzte Bademeister. Die Kinder buhen aufgrund des ausbleibenden Wasserfalls. Ärger und Trubel macht sich breit. Im ausgelaugten Zustand wendet sich der kräftige Junge und bestärkt sein Nebenmädchen die Arbeit für ihn zu übernehmen. Als die ungeduldigen Gruppenmitglieder den Wechsel an der Spitze mitbekommen, multipliziert sich der Unmut. Viel zu langsam. Viel zu klein. Viel zu schwach fällt das schonungslose Urteil. Erste Schaufeln schwingen, bereit zum Wurf. Ein Erzieher, fernab des Spielplatzes, beobachtet im ruhenden Pol. Keine Anstalten vom Dazwischengehen oder Intervenieren. Er wartet. Er wartet und vertraut. Er lässt die Welt der Kinder, weit weg von allen Erwachsenen, Welt der Kinder sein. Dieser Gesellschaft einen externen Wink zu verleihen, würde nur eines hervorrufen. Wiederkehr. Wiederkehr bei allen ähnlichen Situationen und Konflikten. Es würde immer darauf gewartet werden, ehe ein Mündiger die richtige Marschroute vorgibt. Die richtige Weise. Wie können wir diese überhaupt nur erahnen, liegt die ehrliche Gesellschaft der Kleinen so weit über unseren. Nachdem sich der Junge nun wieder erholt hat, kehrt er zu seiner Aufgabe zurück. Unter schallendem Applaus. Doch steht er diesmal nicht alleine an der Vorrichtung. Das kleinere Mädchen umschließt seine beiden Hände und drückt mit aller Anstrengung nach unten. Sie stehen zusammen und verweisen der weiter spielenden Meute den neu errungenen Umstand. Folglich wechseln sich Junge und Mädchen am selbst kreierten Pult ab. Welch ein warmer Moment. Die Vorurteile der Mitglieder wurden durch Hilfe und Freundschaft ausgeräumt. Ausgeräumt und nachhaltig abgespeichert. Ein Vorbild. Ein Geschenk.

„Aufstehen Junge! Los! Bevor die anderen alle wiederkommen.", ringt der scharfgestellte Alarm ohne optionale Schlummertaste. Mit keinerlei Vorwarnung reißt sich die Decke weg und entwirft meine gefühlte Nacktheit. „Komm schon. Jetzt oder nie, sonst vergeht deine Chance. Die Außenwelt und Gesellschaft zieren sich schon nach deinem abenteuerlichen Wesen."

Herr Norm ist der krachende Amboss des Wachverfahrens. Im feinen Zwirn aus dunkelblauen Anzug und weißer Fliege sprüht er vor Hastigkeit. Heftige Atemzüge, sowie sprunghafte Bewegungen machen ihn zum Artisten. Der aufkommenden Dringlichkeit halber gehe ich mit, wie ich bin.

Unten im Empfangsbereich wartet schon eine Versammlung von Uniformierten. Sie weißen auf eine abgedichtete Tür nahe des Außenbereiches, zu welcher Herr Norm mich schroff hinzieht. „Wo ist

Elliw? Ich muss noch mit ihr sprechen. Wie geht mein Leben jetzt weiter. Wo erwarte ich euch?", sprießt der Wasserfall noch aus meinem Mund heraus, ehe die Pforte übergangslos aufgetreten wird und ich hinterherfliege. „Vielen Dank Junge 93. Prozess beendet. Du bist frei.", wirft sich eine kaum zu vernehmende Nachricht hinterher.

Dann Schwarz. Vollste Dunkelheit. Beengende Blindheit. Beide Arme greifen ins Nichts. Kein Vor, kein Zurück. Kein Ende, kein Anfang. Unmittelbar bevor der erste Hilfeschrei der Brust entspringt, fällt ein schriller Hall mit verzerrter Stimme. „Schaltet das Licht an. Der Garten ist geschlossen."

Kapitel 6

Im Herzen des Sturmes birgt sich der Diamant noch in roh. Vergilbt, verblassen, geschliffen, gedreht. Geboren aus Asche, Geäst und Gestein. Er allein geht hervor im beschönigten Kleid. Entstanden aus Taten, ob gut, gar schlecht.

Am letzten Tag vor meiner Beförderung in den Garten der Kinder verlief alles im alteingesessenen Muster. Früh ging ich entlang der Straßen, beäugte jeden fahrbaren Untersatz mit gleichgültiger Egalität. Im Haus des Schreckens flog wie gewohnt das Dach vom Gebälk. Schon vor geraumen Monaten verschwand in mir das Begehren, einer besseren Welt nach zu streben. Diese Wände waren im Bewusstsein ihrer selbst bereits schon viel zu marode, um jemals wieder der wahrhaftigen Menschlichkeit zu begegnen.

Einzig die Schlafwache vermochte den Grund, überhaupt noch tagtäglich aus dem heimischen Fenster zu schauen. Sie beinhaltete den alleinigen Moment völliger Privatsphäre. Meiner Person wurde dieser Übergang nur zugestanden, da vergangene Fehler und besagte Resultate unüberwindbar waren. Gespürt hatte ich, aber auch gelernt. Behutsam, besonders aber stumm legte sich jeden Mittag neben mir eine Stehtischlampe schlafen. Als leuchtendes Beispiel schien das Licht ununterbrochen auf meine spielenden Hände und warf ein Schattentheater an die Oberseite der Decke. Kein Kind schlummerte. Alle gespannten Augen hingen an den Geschichten von Freundschaft, Brüderlichkeit und Fürsorge.

Auf dem Heimweg schwebten an jenen Abend sämtliche Gedanken wieder ins Nichts. Kurz bevor ich meine Tür aufschloss, überquerten zwei kleine Mädchen den leergefegten Gehsteig. Ihre Gruppe ließ sich auf die Fünfer oder die Großen zurückführen. Ihre rundlichen Gesichter kamen mir nur sporadisch bekannt vor. Nahe einer flächigen Hauswand ließen sie sich nieder, zauberten eine schwarze Taschenlampe hervor und zelebrierten ein Schattentheater. Die Freude in ihrer Mimik, sah ich sonst so nur bei den Kindern in der Ruhezeit. Ein einzelner Tropfen aus Regen auf das wild entfachte Feuer. Ich lächelte und wollte noch hingehen. Ich wollte es so sehr. Wieso bin ich nie hingegangen?

Ein gebündelter Solarkegel spleißt mein Dasein in ein vorgeführtes Spotlight. In gekrümmter Haltung reißt sich der linke Unterarm entgegen des Scheinwerfers. Echtes Sehen fällt noch dinglich schwer. Erst als sich die Pupillen im hellen Niederschlag wieder regenerieren, verzeichne ich ein dunkelgrünes Sitzkissen mit darauf liegenden Handschellen. Noch ehe ein erster Zusammenhang konkretisiert werden kann, schwingt hinter mir die Tür auf und mit ihr ein Bodyguard herein. „Hinsetzen! Anlegen!", pulverisiert er sämtliche Inaktivität.

Gedrungen der bereits gezückten Nadel, setzt sich jegliche Anweisung von allein in die Tat um. Die silbernen Fesseln klicken um die Handgelenke und reißen die Frequenz des Zwerchfells auf das höchste Niveau. Nachdem mein Leib mit dem eingedrückten Untersetzer verschmilzt, klacken die nächsten Absätze in den fensterlosen Raum. „Schließen. Erst wieder öffnen, wenn ich klopfe."

„Elliw.", entrinnt mir im wehleidigen Flüsterton. „Elliw! Schau, was sie mir angetan haben. Klassische Verwechslung oder irgend ein Racheakt von Herr Norm. Mit Sicherheit. Ich sollte doch schon längst draußen sein." „Das hier ist draußen. Mein Junge. Mein Kind." Sie umkurvt mich als desorientierten Mittelpunkt des Geschehens. Ihre Haare kreisen diesmal nicht im gebundenen Zopf, sondern in offen gelassener Pracht. Alle Erscheinung wirkt beängstigend anders und abweisend. Beängstigend fern.

„Was soll das heißen? Hier ist draußen? Mach mir diese Dinger ab und rede mit mir. Wir haben doch alles ausgemacht." „Ja, das war es. Ausgemacht. Länger und detaillierter als du dir vorstellen kannst." Fortwährend und eindringlich wird mir unwohl, wie übel. Selbst die klingenden Fesseln wiegen plötzlich mehrere Tonnen. Meine Sprache scheint nicht verschlagen, sie gerät regelrecht außer Fugen.

Als Elliw die heruntergeklappte Kinnlade preschen hört, führt sie ihr Plädoyer der Schande aus. „Eigentlich müsste ich jetzt gar nicht hier sein. Eigentlich sollte ich jetzt an unseren Bandaufnahmen arbeiten. Schon morgen gelangen sie an die Außenwelt und das verdanken wir alle zum großen Teil dir. Du warst unser Protagonist im

Schatten, deinem persönlichen Schatten. Aus diesem Grund entschied ich mich, dir letzten Endes alle Wahrheiten zu schenken." Schniefend tropft der Schleim aus meiner Nase. Die Sicht im verschwommenen Nebel, geklärt ausschließlich von einer rollenden Träne. Beginnend zu verstehen. Verstehend zu beginnen.

„Alles war ein Trick, nicht wahr? Eine Lüge. Eine List." „Ja, mein Junge. Nicht mehr, aber auch gewiss nicht weniger als das. Alles war geplant, vom Beginn deiner Ankunft, bis hin zu diesem Verlies hier. Als du mein Angebot dann noch blindlings angenommen und besser als gedacht ausgeübt hast, war die Lawine nicht mehr aufzuhalten. Ja, mein Kind ich brauchte dich, dich allein, um diese Welt hier drinnen und draußen zu komplementieren." „Wieso gerade ich? Nur weil wir diese eine Vergangenheit haben?" „Exakt. Und doch liegt die Ursache noch weitaus tiefer verborgen. Du warst gutmütig, anständig und hast meinen Worten absolutes Gehör geschenkt. Deine Nähe war mein Katapult. Durch dein waghalsiges Vertrauen lässt sich vieles zeigen, aber ganz speziell eines. Manipulation. Jeder deiner gefangenen Freunde hier wäre meiner Bitte nachgekommen, zweifelsohne. Doch das gerade ein solch anmutiger Junge auch noch seine eigenen Kollegen verrät, ist das letzte Indiz. Ob durch List oder Liebe. Deine Taten hier drinnen haben gezeigt, wie manipulativ,

wie selbstgerecht auch der Tüchtigste werden kann.
Wenn er es nur muss oder will. Ein Beweis der über
die Grenzen hinaus geht und jedem Gedemütigten
auftischt, dass in euch Tyrannen kein wahres Herz
schlagen kann. Sondern nur ein Selbstgerechtes.
Völlig gleich, aus welchem Motiv dies geschehen
mag."

Mein Herz schlägt nun, nur nicht mehr dort, wo es
einmal war. Tief in der Leistengegend pocht ein
stählerner Hammer. Ob der Sitzpostion oder der
vernichtenden Rede geschuldet. Alles brennt. „Wie
konntest du? Wie konntest du mich so ausnutzen?
Du kennst mich besser als jeder andere! Dieser
Wahnsinn hier ist mental doch gar nicht
auszuhalten. Wie soll man da noch wissen, was
Recht und Unrecht erläutert?" „Nicht wir wirbelten
diesen ganzen Wahnsinn auf. Das war ein Jeder
von euch selbst. Wir spiegelten nur. Im
angemessenen Rahmen. Alles ist entsprechend
gesagt, gedreht und gefilmt, denn wenn ihr
Erwachsenen solche Bedingungen und psychologische Spielchen nicht einmal aushaltet, wie sollen es
dann die Kinder im wahren, im traurigen Alltag
können? Wie sollen sie? Wie sollten wir es damals?
Ihr seid Monster, Verbrecher und Heuchler. Bei aller
Freude, Furcht oder Unbehagen. Es sind Kinder. Es
sind und bleiben junge, abhängige Individuen. Keine
Lehrmeinung, keine noch so ausgeklügelte
Konzeption ist etwas wert im Vergleich zu dem, was

die Natur einst aus uns gemacht hat. Ebenbürtige Menschen. Alt oder jung." „Noch gilt nicht alles als verloren. Nur durch Radikalität lässt sich nichts anderes erreichen. Ein neues Fundament aus Lügen und sozialen Intrigen." „Das dich mein geflochtener Zopf nicht einmal an sie erinnert hat. Diese bittersüße Hommage." „Welch ein Andenken soll das sein?" „Sie hatte dich doch, fast genau so sehr in Stücke gerissen wie mich. Zumindest fast. Als ich damals wegen deiner eigenwilligen Hilfeleistungen wieder von vorne anfangen musste, hat mich niemand geringeres als meine eigene Mutter diese beleidigende Faszination erleben lassen. Ja richtig. Salu ist, nein sie war meine Mutter. Sie hat ihr eigenes Kind dahingehen lassen, nur um in dir eine Machtdemonstration zu veranschaulichen. Alles Ansehen und Profilieren gebar einer größeren Verantwortung als der eigenen Tochter. Das Höchste und einfachste Gut zugleich. Jeder von uns hat es. Jeder kann es selbst geben. Jeder hätte es gern. Die Liebe. Man lernt ihr Fazit erst wirklich zu schätzen, wenn man es entrissen bekommt. Also erzähl mir bloß nichts von Intrigen oder fehlendem sozialem Gestrüpp. Ich spüre sie noch heute im Monument meiner Verletzungen."

Inmitten der ganzen Verschwörungen kann ich nicht fassen, welch fatales Mahl fortan serviert wird. Vulgär, ausfällig, despektierlich. Nach allem ist mir zumute. Zu allem fehlt die Kraft, das Begreifen. „Bin ich zurecht hier? Bin ich trotz der guten Absichten über mein gesamtes Leben hinweg keinen Deut besser? Redet man sich nur selber ein, ein besserer Mensch zu sein, um ein besserer Mensch zu sein? Betrügen wir uns nicht einfach, wenn wir nach außen hin einer kolportierten Wahrheit nach leben? Was macht uns Menschen noch aus, wenn alles Soziale nur im gläsernen Trug geschieht? Sind wir dann am Ende des Tages nicht wirklich nur das, was wir eigentlich fürchten?"

Ob ich laut oder leise denke, vermag nicht mehr schätzbar zu sein. Elliw kniet in der nächsten Zeitlupe. Noch auf Augenhöhe streicht sie mir über die geperlte Stirn. „Hast du dich wirklich niemals gefragt, wieso Junge 93 und Junge 94 auf deiner Tür zum Einzelzimmer steht? Du warst und bist immer für mich beides gewesen. Du hast dich vom einem, zum anderen hin entwickelt. Ich sah zu dir auf als empathischer Mensch. Ich verachtete dich als wegsehender Mann."

Ich spüre ihr Wohlwollen, ihre Zärtlichkeit. Wie eine ehrenwerte Mutter, welche ihr aufgebrachtes Kind zu Bett bringt. Endlich kehrt Ruhe ein. Kein Gebrechen oder Schmerz. Nur noch Ruhe in fließender Wacht. Dahinter schließt sich die Tür. Alles wird finster. Ein Griff ohne Hände. Ein Schrei ohne Stimme. „Elliw. Elliw. Elliw. Elliw. Elliw. Wille."

Ende. Oder der Anfang.

Zeitfracht Medien GmbH
Ferdinand-Jühlke-Straße 7
99095 Erfurt, Deutschland
produktsicherheit@kolibri360.de